맹물에 조약돌을
삶아 먹어도

맹물에 조약돌을 삶아 먹어도

발행일	2025년 2월 21일

지은이	황대연		
펴낸이	손형국		
펴낸곳	(주)북랩		
편집인	선일영	편집	김현아, 배진용, 김다빈, 김부경
디자인	이현수, 김민하, 임진형, 안유경	제작	박기성, 구성우, 이창영, 배상진
마케팅	김회란, 박진관		
출판등록	2004. 12. 1(제2012-000051호)		
주소	서울특별시 금천구 가산디지털 1로 168, 우림라이온스밸리 B동 B111호, B113~115호		
홈페이지	www.book.co.kr		
전화번호	(02)2026-5777	팩스	(02)3159-9637

ISBN	979-11-7224-510-8 03810 (종이책)		979-11-7224-511-5 05810 (전자책)

(주)북랩 성공출판의 파트너

북랩 홈페이지와 패밀리 사이트에서 다양한 출판 솔루션을 만나 보세요!

홈페이지 book.co.kr • **블로그** blog.naver.com/essaybook • **출판문의** text@book.co.kr

작가 연락처 문의 ▸ ask.book.co.kr

작가 연락처는 개인정보이므로 북랩에서 알려드릴 수 없습니다.

25년간 산을 걸으며 깨달은 삶의 철학

맹물에 조약돌을
삶아 먹어도

황대연
에세이

겨울에 접어들면 나무들은 제 몸을 한 조각씩 떼어내 미련 없이 땅으로 돌려보내고 알몸이 된다. 그러고는 세상이 어떻게 변하든 묵묵히 자리를 지킨다. 그 모습에서 삶을 관조하는 노년의 모습을 본다.

어느새 내 나이 일흔이 넘었다. 나이 일흔이면 인생의 봄, 여름, 가을은 이미 다 지나가고 겨울에 접어든 나이이다. 육십갑자가 한 바퀴 돌고도 십 년의 세월이 더 흘렀다. 무심한 세월은 꿈같이 흘러가고, 나는 아직도 그 긴 세월을 살았다는 사실이 낯설게만 느껴진다.

가만 생각해 보니, 나는 여태껏 재능이라고는 손톱만큼도 없이 살아왔다. 뭐 하나 하려 해도 남들보다 두 배 세 배의 노력을 해야만 했다. 걱정 없는 날이 없었고 부족함을 느끼지 않은 날이 없었다. 그렇다고 대충대충 살았다는 말은 아니다. 뭐든 시작에 앞서 심사숙고를 거듭했고, 결심을 하면 온 힘을 다했다. 하지만 크게 이뤄놓은 것도 없다. 인생의 시험을 친다면 아마도 낙제를 면치 못했을 것이다.

그러나 살아오면서 깨달은 것은 있다. 삶은 딱 한 번뿐이며 결코 되돌릴 수 없다는 사실이다. 그렇다면 어떻게 살아야 하는 걸까?

젊은 시절 나는 부와 명예와 권력을 거머쥐면 성공한 삶인 줄 알았다. 또 그렇게 살아야 잘 사는 줄 알았다. 그래서 먼 그날을 위해 쉼 없이 일하고 앞만 보며 살았다. 살아 보니 그런 건 부질없는 욕심일 뿐이었다. 정작 필요한 건 지족과 사랑이었다.

살다 보면 따스한 햇살 아래 꽃길을 걷는 날이 있는가 하면, 한 치 앞도 보이지 않는 가시밭길을 걷는 날도 있기 마련이다. 어떤 날이 닥치든 어떤 길을 걷든 지족(知足) 하며 살아야 한다. 즉 분수를 지키며 만족할 줄 알아야 한다. 그래야 몸과 마음에 평온이 깃드니까.

더불어 사랑에 빠져 살아야 한다. 그 대상은 사람이든 동식물이든 사물이든 스스로 좋아하고 즐거움이 따르는 것이라면 뭐든 좋다. 누구나 사랑에 빠지면 보고 싶어 안달이 나고 상대방을 생각만 해도 가슴이 설렌다. 그렇듯이 뭔가와 사랑에 빠져야 한다. 그래야 삶이 무미건조하지 않고 가슴속에 도파민과 세로

맹물에 조약돌을 삶아 먹어도

토닌이 차오르니까.

사실 지족과 사랑, 이 두 가지를 움켜쥐고 산다는 건 말이 쉽지 실제로 쉽지가 않다. 솔직히 말해서 나 또한 그렇지 못한 삶을 살아왔다. 하지만 다른 사람의 삶과 비교하지 않았고, 이루지 못한 것 갖지 못한 것에 연연하지 않았다. 남의 잔치에 끼어들어 감 놔라 배 놔라 하지 않았고, 이 눈치 저 눈치 보지 않고 소신대로 살았다. '맹물에 조약돌을 삶아 먹어도 제멋이라'는데, 누가 뭐래도 나는 내 멋에 겨워 살아왔다. 이 글은 그런 내 삶의 조각들이다.

끝으로 영화 '누구를 위하여 종은 울리나'의 잉그리드 버그만, 할리우드 스타인 그녀가 남긴 말을 음미해 본다.
"나이 드는 것은 산을 오르는 것과 같다. 숨이 가빠지지만, 경치는 훨씬 좋아진다."

2025년 2월
황대연

차례

3부   세월의 속도

4부   취미의 단계

5부   축복인가 재앙인가

1부

챗바퀴 돌리기

혹시나 했는데 역시나

간밤에 꿈을 꿨다. 그 꿈이 어찌나 생생하던지 생시인 것만 같다. 꿈에서 깨어 다시 잠을 청해보지만, 그 꿈속에 다시 들어갈 수는 없었다.

넓고 고풍스러운, 흡사 궁궐 같은 곳에 홀로 앉아 있는 사람이, 가만 보니 나였다. 좌우 옆에는 신하인지 비서인지 모를 사람이 허리를 반쯤 굽힌 채 시립해 있다. 여긴 어디인지 둘러보기도 전에, 두 여인이 들어와 내 앞에 나란히 선다. 한 여인은 긴 머리에 가녀린 어깨, 잘록한 허리, 날씬한 다리 선이 고스란히 드러나 관능미가 물씬 풍긴다. 또 한 여인은 단발머리에 흰 블라우스와 감색 스커트를 단정하게 차려입어 지성미와 청순미가 철철 넘쳐흐른다. 두 여인이 두 손을 가지런히 모으고 다소곳이 고개 숙여 인사를 한다.

내가 왕인지 왕자인지 또는 재벌인지는 분명치 않다. 다만 엄격한 사전 심사를 거쳐 간택된 두 여인 중 한 명만 택하여 아내로 맞이하면 된다. 그러나 두 여인 모두 흠잡을 데 없이, 가슴이

맹물에 조약돌을 삶아 먹어도

뛸 정도로 아름답다. 이런, 누구를 아내로 맞이해야 하지? 두 여인을 가까이에서 보기 위해 자리에서 일어섰다.

그 순간 의자 발걸이에 발이 걸려 앞으로 고꾸라졌다. '악~' 하고 비명을 질렀고, 그 소리와 함께 여인들이 사라지고 나는 눈을 떴다. 주위는 껌껌했고, 시곗바늘은 오전 3시 10분을 가리키고 있었다. 그제야 나는 그게 꿈이었음을 알아차렸다. 그런데 웬일인지 고꾸라진 건 꿈속인데 현실에서도 옆구리가 욱신거렸다.

방금 그것이 정말 꿈이었단 말인가? 나는 꿈을 꾸는 날이 거의 없고, 꿨다 해도 그 내용이 또렷하게 떠오르지 않는다. 그런데 방금 꾼 꿈은 또렷하게 떠오르고 옆구리는 욱신거리고 아쉬움은 가라앉지 않는다. 꿈속에 다시 들어가려 했으나 도리어 정신만 말똥말똥할 뿐이다.

하지만 여인에 관한 꿈은 대부분 반흉반길(半凶半吉)이 아니던가. 이같이 허황한 꿈은 개꿈으로 여기고, 냉수 먹고 속이나 차리는 게 상책이다. 냉장고를 열어 찬물 한 컵을 벌컥벌컥 들이켰다.

그날, 아무 일도 일어나지 않았다. 혹시나 했는데 역시나 개꿈이다. 미녀가 둘이나 등장하는 개꿈!

상상 속의 그녀

맹물에 조약돌을 삶아 먹어도

코로나 팬데믹으로 마스크를 쓰고 지내면서 나는 못된 버릇 하나가 생겼다. 틈만 나면 여성들의 눈을 살며시 살펴보는 것이다. 그렇다고 노골적으로 들여다보지는 않는다. 2초만 슬그머니 바라보고 재빨리 시선을 거둔다. 그렇지 않으면 '미투' 시비에 휘말릴 수도 있으니까.

하여간 예전엔 없던 버릇이다. 전에는 여성들을 볼 때 얼굴 전체를 봤지, 눈만 바라보지는 않았다. 얼굴 전체에서 우러나오는 표정과 이목구비의 조화에 따라 귀엽다든지, 예쁘다든지, 호감인지 비호감인지 느끼고는 했다. 그러나 그게 몽땅 마스크에 가려졌으니, 보이는 것이라고는 눈밖에 없다. 그런데, 이럴 수가! 여성들의 눈이 이토록 아름다운지 미처 알지 못했다.

어느 여성의 눈동자는 환희에 차 있고, 어느 여성의 눈동자는 호기심이 가득하다. 사랑이 깃든 눈동자는 따스해서, 모성애가 담긴 눈동자는 포근해서 아름답다. 밤하늘의 별처럼 반짝이는, 풀잎에 맺힌 이슬처럼 영롱한 눈동자도 있다. 갈색 눈동자는 동굴처럼 고요하고, 검은색 눈동자는 호수처럼 맑다. 그 묘한 매력에 나도 모르게 설레기까지 한다.

여성들의 겉으로 드러난 이마와 눈썹과 눈을 보고, 나는 종종 마스크에 가려져 보이지 않는 부분을 상상한다. 솜털 하나 없이 깔끔한 이마와 말끔한 눈썹의 저 여성은, 오뚝 솟아오른 콧날에 매끈한 턱이 숨어있겠지. 아마 햇살 같은 미소도 깃들어 있을 거야. 저 여성은 크지도 작지도 않은 입에 하얀 치아가 보석처럼 반짝일 거야. 아이라인으로 눈을 크게 그린 걸 보니, 화장도 틀림없이 진하게 했겠지. 길고 짙은 속눈썹을 붙인 걸 보니, 입술에는 빨간 립스틱을 칠했을 거야….

어느 한 부위를 유심히 들여다보면 사람마다 다른 천 가지 아름다움을 발견하게 된다는 것을 마스크 덕분에 깨달았다. 또한 드러난 것보다 가려진 것이 더 크고 즐거운 상상을 불러일으킨다는 것도.

그러고 보니 궁금하다. 여성들도 남성의 눈을 자세히 보게 되는지. 마스크에 가려진 얼굴을 상상하는지.

오늘도 나는 마스크를 쓴 여성들의 눈을 힐끗 보며 즐거운 상상에 빠져든다. 그런데 간혹 상상의 즐거움이 당혹감으로 바뀌고는 한다. 갑자기 마스크를 벗는 바람에 상상과는 전혀 다른 실제 얼굴을 보게 되는 당혹스러움. 그걸 느끼지 않기 위해 나는 마음속으로 기도한다.

"마스크를 벗지 마시길. 상상 속의 그녀로 남아있어 주길. 제
발!"

홀로 있기, 그 연습

맹물에 조약돌을 삶아 먹어도

책을 펼쳐 들었다. 다시 읽고 싶어 꺼내든, 마이클 해리스가 쓴 〈잠시 혼자 있겠습니다〉라는 책이다. 서너 쪽을 넘기자, 문장 한 구절에서 눈을 뗄 수 없었다.

"너는 혼자 있어 본 적이 있어? 그러니까, 하루 이상을? 정말로 혼자서 말이야."

나에게 묻는 것 같았다. 한동안 상념에 잠겨있었다. 나는 정말로 온전하게 혼자 있어 본 적이 없었다.

책을 읽고, 언젠가는 '정말로 혼자' 있어 봐야겠다고 벼르고 있었다. 그런 어느 날 절호의 기회가 찾아왔다. 때마침 아내도 집을 비우고, 누굴 만나야 한다거나 할 일도 없다. 오로지 나만의 하루를 온전하게 보내기만 하면 된다. 그런데 막상 홀로 하루를 보내려니 무엇을 해야 할지 막막하기만 하다.

휴대폰부터 꺼 서랍 속에 넣었다. 휴대폰을 치우지 않고는 온전한 나만의 하루를 보낼 수 없다는, 책 속의 글귀가 생각나서이다.

산책하려고 집을 나섰다. 그러나 왠지 마음이 편치가 않다. 그 이유를 아는 데는 그리 오래 걸리지 않았다. 역시 휴대폰 때문이었다. 결국 집에 돌아와 주머니에 넣고 다시 집을 나섰다. 그제야 마음이 편하다. 하루 정도는 휴대폰 없이도 아무런 문제가 없을 줄 알았는데 그게 아니었다.

몇 발짝 걸었을까, 주머니 속 휴대폰이 부르르 몸을 떤다. 내 의지와는 다르게 손이 저절로 주머니로 향한다. 휴대폰을 여니, 톡이 하나 와있다. 긴급한 내용은 전혀 아니다. '아차' 했으나 이미 엎질러진 물이다. 하루는커녕 불과 한 시간도 온전하게 홀로 있지 못한 것이다. 홀로 있다고 해도 사람들과 소통하는 것은 사실상 홀로 있는 게 아니라고, 책은 말하고 있으니 말이다.

집에 돌아와 점심을 챙겨 먹었다. 해놓은 밥을 밥통에서 푸고 냉장고에서 반찬 몇 가지를 꺼내어 식탁에 늘어놓았다. 바쁜 일이 있는 것도 아닌데, 뚝딱 한 그릇을 비웠다.

이제 어디로 가서 무얼 하지? 방안에 처박혀있기도 그렇고, 커피숍이나 갈까? 나는 커피를 즐기지만, 하루 한 잔이면 족하다. 그러나 밤에는 커피를 마시지 않는다. 언제부터인지 저녁 식후에 마시면 잠이 오지 않아 애를 먹어서이다.

얼마 전 개업한 카페가 생각난다. 주유소 건물이던 자그마한 단층 건물을 통째로 리모델링했는데, 깔끔하고 전원 분위기가 물씬 느껴지던 곳이다. 꼭 한번 들러보고 싶었는데 오늘이 그날일까? 그래, 거기나 가자.

맹물에 조약돌을 삶아 먹어도

카페에 들어서자 향긋한 커피 향과 잔잔한 음악 소리가 코와 귀를 촉촉이 적신다. 생각해 보면 커피만큼 사람의 취향을 잘 드러내는 것은 아마 없을 것이다. 커피의 종류만 해도 아메리카노, 카페라테, 카페모카, 카푸치노, 에스프레소 등 한둘이 아니다. 그중 어느 커피를 선택하는지, 뜨거운지 차가운지, 시럽을 넣는지 안 넣는지, 넣는다면 또 얼마나 넣는지에 따라 취향은 제각각일 것이다. 많은 사람이 얼어 죽어도 아이스커피를 즐기는 '얼죽아'인데, 나는 뜨거워 죽어도 따뜻한 커피를 마시는 '뜨죽따'이다. 아이스가 시원해서 좋긴 한데 찬 걸 마시면 뱃속이 영 편치가 않아서이다.

커피를 주문하고 잠시 기다리는 사이에 무심코 휴대폰에 또 손이 간다. 휴대폰 없이 하루를 보낸다는 것이 이토록 힘든지 생각조차 하지 못했다. 문자, 톡, 밴드를 확인하고 답을 달았다. 그렇지 않으면 뭔가 해야 할 일을 미루는 것만 같고 나 자신이 왠지 소외되는 것 같은 느낌이 든다.

커피숍에 앉아 있는 사람들은 대부분 젊은 사람들이고 혼자이다. 저들은 혼자 와서 무얼 할까? 유심히 살펴보니, 사람들의 모습이 커피 종류만큼이나 다양하다. 노트북을 열고 자판을 두드리느라 여념이 없는 사람, 책과 노트를 펼쳐놓고 공부하는 사람, 메모지에 뭔가를 끼적이는 사람도 있다. 독서삼매경에 빠진 사람, 휴대폰으로 뭔가를 열심히 하는 사람, 그런가 하면 리듬이라도 타는 걸까? 이어폰을 귀에 꽂고 눈을 감은 채 손가락을 규칙적으로 움직이는 사람도 있다. 저마다 뭔가에 열중하고 있는 모습을 바라보는 것만으로도 재미가 쏠쏠하다.

구석 자리에는 중년 여성 세 명이 도란도란 얘기를 나눈다. 이곳 분위기와는 영 어울리지 않는다. 하긴 저들도 나를 보고 그런 생각을 했을지 모른다. 나이 먹은 사람이 젊은 사람들의 전용 공간인 커피숍에 떡하니 자리 하나를 차지하고 앉아 있으니 말이다. 그것도 혼자.

메모지와 볼펜을 꺼냈다. 오늘 하루의 일을 글로 써보고 싶었다. 머리를 쥐어짜며 쓰다 보니 금세 저녁 시간이다. 집에 들어가는 순간 홀로 있기는 완전히 끝이 나는데, 어쩌지? 이왕이면 저녁까지 먹고 천천히 들어가야겠다.

그런데 무얼 먹을까? 홀로 밥을 먹으려니 아무 식당이나 불쑥 들어가기에 망설여진다. 몇몇 식당을 지나치며 슬그머니 홀을 들여다보았다. 마침 어느 식당에 '혼밥족'이 있는 게 눈에 들어왔다. 간판을 보니 곰탕집이다. 곰탕의 맛은 특별하지 않았다. 그냥 곰탕 맛이다. 저녁 한 끼 해결했다는 데에 만족했다. 이제 갈 곳이라고는 집밖에 없다. 가출 신고하기 전에 집에 들어가야겠다. 소화도 시킬 겸 천천히 걸었다.

오늘의 홀로 있기 시도는 완전한 실패이다. 홀로 있기에도 연습과 준비가 필요한 모양이다. 다음엔 배낭 하나 둘러메고 훌쩍

맹물에 조약돌을 삶아 먹어도

떠나야겠다. 산으로 가든지, 바다로 가든지, 무인도로 가든지, 사람 없는 곳으로 가야겠다. 단, 휴대폰은 서랍 속에 고이 넣어 두고. 내 생각과 걱정도 모두 벗어두고.

쳇바퀴 돌리기

맹물에 조약돌을 삶아 먹어도

'다람쥐 쳇바퀴 도는' 요즘이다. 그렇다고 따분하다거나 권태로운 것은 아니다. 어찌 된 일인지 하루보다는 한 달이, 한 달보다는 한 해가 더 빨리 지나간다. 차가운 바람이 어깨를 움츠리게 하더니 어느새 향긋한 꽃 내음이 코끝을 스친다.

오늘도 어김없이 알람 소리에 단잠이 깨며 하루가 열린다. 이부자리를 개어 장롱에 넣고 창문을 열어 맑은 공기를 불러들인다. 그러고는 바로 아침을 먹는다. 일어나기 싫어 뭉그적거리면 국물도 없다. 어쩌겠는가, 차려줄 때 먹어야지.

신문을 펼쳐 든다. 그러나 신문 보기가 썩 내키지 않는다. 전과는 달리 요즘에는 웃음과 희망을 주는 기사는 보이지 않는다. 정치, 외교, 안보, 경제 등 온통 걱정거리뿐이다. 오늘의 운세나 읽어볼까. 그런데 이게 뭐야? '이성의 유혹에 넘어가지 말라'고? 삼팔따라지 같은 별 볼 일 없는 백수인데 누가 유혹을 해. 이런 엉터리가 어디 있어. 헛웃음만 터져 나온다. 하기야 유혹한다 해도 거기에 넘어갈 위인도 되지 못한다.

면도와 세수를 하고 옷을 차려입는다. 나는 수양이 덜 돼서 그런지, 옷을 갈아입지 않으면 자꾸만 눕고 싶고 마음까지 처지는 듯하다.

하는 일 없이 우두커니 있으려면 별의별 생각에 머리가 지끈댄다. 오전에는 책을 펼쳐 들거나 글을 쓰며 오롯이 나만의 시간을 보낸다. 그렇게라도 해야 그나마 하루가 온전하게 지나간다. 어떤 방해도 받지 않고 방 속에 틀어박혀 있는 이 시간이야말로 나에겐 어느 시간보다 소중하다. 그래서 이 시간만큼은 철저히 지킨다. 이런 나에게 아내는 지나가는 말로 한마디 툭 던진다.

"다시 태어날 수 있으면 당신 같은 남자로 태어났으면 좋겠어."

"왜?"

"날마다 책을 읽거나 글을 쓰고 바둑을 두거나 산에 가고, 신선놀음이 부럽지 않잖아."

나도 당신 같은 여자로 태어났으면 좋겠다는 말을 할까 하다가, 꾹 참았다.

오후에는 할 일이 있든 없든 무조건 집을 나온다. 미루었던 일을 하거나 친구를 만난다. 바둑을 두기도 하고 산책하거나 도서관이나 커피숍에서 시간을 보내기도 한다. 이것도 철저하게 지킨다. 남들이 보기엔 그따위 하찮은 것을 규칙이라고 지키느냐

맹물에 조약돌을 삶아 먹어도

하지만, 나는 사소한 규칙이라도 지키지 않으면 생활의 리듬이 깨지는 듯하다. 그러니 어떡해, 지켜야지.

오늘 오후에는 친구와 만나 커피를 마시며 이런저런 얘기를 나누었다. 그러다 보니 금세 저녁 시간이다. 저녁을 먹기 위해 찾은 곳은 동태 전골집이다. 동태와 알, 곤이, 미더덕이 들어가고 거기에 두부, 무, 파, 콩나물, 쑥갓이 들어가서인지 구수하면서도 시원 칼칼하다.

사실 명태만큼 다양하게 먹을 수 있는 음식은 없다. 생태나 동태로 찌개를 끓여놓으면 다른 반찬이 필요 없다. 황태, 먹태, 백태, 북어, 코다리는 어떤가. 노가리구이는 또 어떻고. 구이나 찜, 조림, 탕, 어느 것으로 먹어도 입안에서 살살 녹는 게 명태다. 부르는 이름이 워낙 많아 헷갈리기도 하지만.

친구는 반주를 곁들이며 푸념을 한다. 할 일도 없고 하고 싶은 일도 없어 하루가 지겹다는 것이다. 낚시가 유일한 취미인데 매일 갈 수도 없고, 하는 일이라고는 하루 한 시간씩 산책하는 일뿐이라고 한다. 언젠가 산에 함께 간 적이 있는데 힘들어서 등산은 못 하겠다고 한다. 책을 읽으라고 해도 그게 안 된다고 한다. 이도 저도 못한다며 푸념은 무슨? 그러다 북망산천이나 가는 거지.

저녁을 먹고는 수목원을 산책하거나 하천가에 설치된 운동기구를 붙들고 '으쌰~으쌰' 한다. 내가 이사 올 때만 해도 이곳은

천왕산 아래에 저수지와 논밭이 펼쳐져 있는 전형적인 시골이었다. 경인선 오류동역에서 부천시 옥길동까지 물자를 실어 나르던 화물 열차가 이따금 철로 위를 덜컹거리며 지나가고는 했다. 수목원이 조성되고 주변에 아파트가 하나둘 들어서면서 시골 풍경은 점점 사라져가고 있다.

그러나 수목원에 실개천과 저수지, 그리고 철길은 그대로 남아있다. 저수지에는 오리가 '꽉~꽉' 대며 물살을 가르고, 수면에 떠 있는 부평초가 잔물결에 살랑인다. 작은 물결에도 속절없이 흔들리는 우리네 삶도 어쩌면 부평초 같은 신세가 아닐까 싶다. 그런 줄도 모르고 욕심내고 큰소리치며 오만하게 살아온 것은 아닌지 모르겠다.

두 줄기 레일이 나란히 뻗어나간 철길을 걷는다. 침목을 밟기도 하고 자갈을 밟기도 한다. 자갈을 밟으면 발바닥을 통해 올라오는 뾰죽대는 감촉과 귀에 들려오는 '차르륵~' 소리에 기분이 상쾌해진다. 레일 위를 한 발 한 발 내딛기도 한다. 팔을 벌려 몸의 중심을 잡으며 오늘은 몇 걸음이나 가능할까, "하나, 둘…" 발걸음을 세어본다. 예전에는 서른 걸음 이상 걸었는데 이제는 기껏해야 스무 걸음이다.

수목원에 어둠이 내려앉자, 가로등에 불이 들어온다. 은은하게 비추는 가로등 불빛에 활짝 피어난 벚꽃은 분단장한 여인처럼 화사하게 빛이 난다. 여인들만 화장발, 조명발을 받는 줄 알았는데 꽃들도 조명발을 받는다. 그 아래에 한 쌍의 연인이 다

맹물에 조약돌을 삶아 먹어도

정하게 손을 잡고 걷는다. 바람이 일 때마다 하얀 벚꽃이 꽃비가 되어 그들의 머리와 어깨에 떨어져 내린다. 웨딩마치만 울려 퍼지면 그들이 주인공이 되고 내가 하객이 된다 해도 조금도 어색하지 않을 거 같다.

오늘 하루도 쳇바퀴는 돌아갔다. 내일도 모레도 '쳇바퀴 도는' 하루가 열리겠지. 그러면 그대로 돌리기만 하면 된다. 그러다 보면 또 하루가, 또 한해가 지나가겠지. 사는 게 별거인가. 다 그렇지 않은가.

요게 뭐길래

맹물에 조약돌을 삶아 먹어도

잠시 편의점에 가는 길이다. 재킷 안주머니에서 스마트폰이 '뜨르르~뜨르르' 댄다. 전화를 받으려고 무심코 주머니에 손을 넣었는데, 이게 웬일인가? 스마트폰이 없는 게 아닌가. 분명 몸으로 진동을 느꼈는데, 주머니는 비어 있다. 그렇다면 이 귀신이 곡할 진동은 어디에서 온단 말인가.

내가 요걸 사용하기 시작한 건 2010년부터이다. 그전에는 휴대전화를, 휴대전화가 나오기 전에는 무선호출기인 '삐삐'를 사용했다. 그 시절은 세월과 함께 흘러가고 요것 세상이 열렸다. 요게 나오고 팔 개월 만에 개통했으니 내 또래 중에서는 제법 일찍 사용하기 시작한 편이다. 책상에 앉아 컴퓨터를 열지 않고 언제 어디서든 인터넷을 이용할 수 있고, 손가락 하나로 터치만 하면 되는 것에 매료되어 냉큼 개통부터 했다.

요걸 써보니 그 쓰임새는 무궁무진하다. 기능을 몰라서 쓰지 못하는 경우가 있으면 있었지, 기능이 없어서 쓰지 못하는 경우는 거의 없다. 전화나 메시지는 기본이고 손전등, 이메일, 인터

넷, 동영상, 음악, 내비게이션 등 없는 것이 없다.

시계를 차고 다닐 필요도 없고 카메라를 따로 들고 다니지 않아도 되어 거추장스러운 게 사라졌다. 전화번호가 적힌 수첩과 펜을 넣고 다니지 않아도 되어 주머니가 가벼워졌다. 차에 시동을 걸기도 하고 각종 예약이나 금융 거래도 할 수 있어 발품과 시간을 들일 필요가 사라졌다.

어디 그뿐인가. 산에 갈 때면 산악지도 앱을 열어 등산로와 거리, 시간은 물론 고도와 등고선까지 체크하며 산행한다. 이전에는 지도와 나침반을 펼쳐놓고 독도를 하며 산행하다 길을 잘못 들어 개고생하고는 했다. 지금도 이토록 기능이 다양한데, 나날이 진화하고 있으니, 앞으로 어디까지 발전할지 가늠조차 되지 않는다. 하여튼 여러모로 요긴한 물건임이 틀림없다.

요긴한 물건일수록 가까이하게 되고, 그러다 보면 요상한 일이 생기기도 한다. 요걸 가까이하기 전에는 웬만한 전화번호는 모두 머릿속에 있었다. 그럴 필요가 없어서인지 욀 수 있는 번호가 거의 없다. 어느 땐 내가 내 번호까지 까먹기도 한다. 내 머릿속 지우개가 요것에 설정된 건 아닐까. 용불용설(用不用說), 이른바 디지털 기억상실증에 걸린 건 아닌지 모르겠다.

터치 한 번의 잘못으로 정신이 번쩍 나는 실수를 한 적도 있다. 요걸 개통하고 얼마 되지 않았을 때이다. 산행 중 찍었던 사진을 정리하다 뭘 어떻게 만졌는지, 사진이 몽땅 날아갔다. 산

맹물에 조약돌을 삶아 먹어도

행 기록으로 남기려던 사진이어서 안타까움에 몇 날 며칠 밤잠을 설치기도 했다.

그런 부류의 실수는 혼자 감내하고 말면 될 일이다. 그러나 사람 목숨이 왔다 갔다 하는 실수를 하는 경우도 있다. 언젠가 산행 중 바위 전망대에 올라섰다. 그때 일행 중 누군가가 요것으로 사진을 찍고 돌아서는데, 그의 배낭이 나에게 부딪쳤다. 나는 비틀거리다 겨우 중심을 잡았기에 망정이지, 하마터면 황천길로 갈 뻔했다.

주위를 돌아보면, 요것에 빠져 최소한의 안전 수칙조차 지키지 못하는 사람이 허다하다. 길을 걸어가면서까지 들여다보다 마주 오는 사람과 부딪치기도 한다. 심지어는 횡단보도에서 신호등이 바뀐 줄도 모르고 길을 건너다 사고가 나기도 한다. 오죽했으면 요걸 보며 걷는 모습이 좀비 같다고 하여 '스몸비'라는 신조어까지 생겨났을까. '스몸비'들의 사고가 자주 일어나자, 횡단보도 앞 바닥에 점멸 신호등을 설치한 곳이 눈에 띄게 늘어나고 있다.

다행히도 나는 요거로 인하여 사고가 나거나 사고를 일으킨 적은 없다. 다만 전철을 타고 가다 내려야 할 역에서 내리지 못한 적은 있다. 약속 시간에 맞춰 전철을 탔는데, 한 정거장 남겨 놓고 카톡 알림음이 울렸다. 내용을 확인하고 답문을 보내다 보니 내려야 할 역이 지나있었다. 허둥지둥 전철에서 내려 뛰어갔으나, 결국 약속 시간을 지키지 못했다. 그 낭패감에 어찌할 바를 몰랐던 기억이 지금도 생생하다.

예전에는 전철이나 버스에서 책이나 신문을 읽는 사람들이 많았다. 지금은 눈을 씻고 봐도 찾아보기 어렵다. 앉아 있는 사람은 물론 서 있는 사람까지, 열 명 중 여덟아홉은 요걸 들여다본다. 메시지를 주고받는 사람, 게임을 하는 사람, 정보를 찾는 사람, 이어폰을 귀에 꽂고 영상을 보거나 음악을 듣는 사람도 있다. 그들도 나처럼 요거에 정신이 팔려 내려야 할 정거장에 내리지 못하는 것은 아닌지, 내가 괜한 걱정을 하기도 한다.

책을 읽고 신문을 보는 사람만 사라진 게 아니다. 도란도란 대화를 나누는 모습도 눈에 띄게 줄어들었다. 언젠가 식당에서 씁쓸한 장면을 우연히 본 적이 있다. 가족으로 보이는 사람들이 밥을 먹고 있는데, 네 사람 모두 각자의 요것만 보며 음식을 먹을 뿐 아무런 말이 없다. 분명 한 가족인데 분위기를 보면 모르는 사람끼리 합석한 듯하다. 이거야, 원.

너나 할 것 없이 우리는 요걸 손에 쥐고 있다. 걸으면서, 먹으면서, 일하면서, 쉬면서도 손에서 놓지 못한다. 눈이 아파도, 머리가 나빠져도, 실례를 저질러도, 사고를 당해도 손에서 놓지 못한다. 요걸 지니지 않았는데도 진동을 느끼는 나는, 나도 모르는 사이에 중독에 빠진 건 아닐까.

요게 곁에 있지 않으면 왠지 허전하고 불안하다. 대체 요게 뭐길래.

맹물에 조약돌을 삶아 먹어도

무엇을 꼬았느냐

우리나라 최초의 사액 서원인 소수서원과 선비촌으로 시간을 거슬러 올라간다. 속세에 젖은 후대의 나그네에게 선조들께서는 무슨 말을 들려주실까?

수백 년 된 소나무들이 숲을 이룬 길을 따라 들어선다. 마치 타임머신을 타고 조선시대로 들어가는 듯하다. 예로부터 소나무는 지조와 절개의 상징으로 통해왔다. 거친 풍상에도 늘 푸른 빛을 잃지 않기에, 어떤 역경에도 굴하지 않는 선비정신과 맞닿아 있다고 볼 수 있겠다.

길쭉한 돌기둥 두 개가 우뚝 서서 마중을 한다. 사찰에서 깃발을 세우던 기둥, 당간지주이다. 그러고 보니 이곳은 통일신라 때 세워진 숙수사가 있던 자리이다. 단종 복위 운동의 실패로 순흥도호부가 폐부될 때 사찰도 함께 불에 태워졌다고 한다. 돌이켜보면 안타까운 일이지만, 당시로서는 정치 소용돌이에 휘말려 죽임을 당한 수백수천의 무고한 인명에 비하면 그깟 사찰 하나쯤이야 대수롭지 않았을지도 모른다.

절터였던 곳에 세워진 서원을 감싸며 하천이 흐른다. 이 고을 사람들이 수장되었다는 죽계천. 그곳 커다란 바위에 '경(敬)' 자가 새겨져 있다. 그런데 웬일인지 글자에 붉은색이 칠해져 있다. 부처님이든 스승이든 어른을 공경하라는 뜻일 터인데, 왜 하필 붉은색일까?

그 생경한 색깔에는 이곳에 수장된 원혼들을 달래려는 깊은 뜻이 담겨 있다. 풍기군수 주세붕이 '경' 자에 붉은 칠을 하고 정성 들여 제사를 지내자, 그칠 줄 모르던 원혼들의 울음소리가 비로소 그쳤다고 한다. 그 원통하고 구슬픈 역사를 아는지 모르는지, 소백산에서 발원한 물은 이곳을 지나 낙동강으로 유유히 흘러간다. 잠을 자듯 소리 없이 흐르는 것이 고이 잠든 원혼들을 깨우지 않기 위해서인 것만 같다.

서원에 들어가 강학당과 마주한다. 고색창연한 가운데 청고한 기품이 서려 있다. 이곳에서 350년간 4,200명의 유생을 배출했다고 하니, 그저 놀라울 뿐이다. 퇴계 이황이 강의를 하고, 의관을 갖춘 유생들이 공부하는 모습이 눈앞에 스쳐 간다.

옛말에 "스승의 그림자도 밟지 않는다."라고 했다. 그만큼 스승을 존경한다는 뜻이 아닌가. 그런데 요즘은 어떠한가? 스승이 있고 제자가 있긴 있는 건가? 문득 대학자 퇴계의 목소리가 들려오는 듯하다.

"자신을 낮추고 남을 위해라!"

벽에 걸린 '소수서원(紹修書院)'이라는 편액이 눈길을 사로잡는다. 풍기군수 퇴계 이황이 명종께 요청하여 최초로 사액 받았다는, 바로 그 명종 친필 편액이다. 왜 소수서원이라 이름하였는지 궁금하던 차에 사료관에서 그 뜻을 반갑게 확인했다.

"旣廢之學 紹而修之(기폐지학 소이수지)"

이미 무너진 학문을 다시 이어 닦게 했다는 뜻으로, 소(紹) 자와 수(修) 자를 택하여 이름했다고 한다. 이어 닦는다는 정신이야말로 우리네 인생에서도 반드시 요구되는 겸허한 정신이 아닐까? 옛것을 외면하고 새것에만 열광하는 오늘날을 생각하니, '소수(紹修)'라 씌어있는 편액 앞에 옷깃이 여며진다.

소수서원을 뒤로하고 죽계교를 건넌다. 자그마한 초가와 웅장한 기와집이 옹기종기 모여 있는 선비촌. 애초에 이 마을에는 세 가지가 없었다고 한다. 대문과 담장, 우물이 그것이다. 강 때문에 외부인이 출입하지 않아 대문과 담장이 필요하지 않았다. 풍수지리에 마을이 물 위에 뜬 연과 같아 우물을 파면 마을이 가라앉는다고 하여 강변에 구덩이를 파고 거기에 고인 물을 마셨다. 그들의 풍취가 살아 숨 쉬는 듯 신비로운 기운마저 감돈다. 그 길을 천천히 걸었다. 마치 조선시대의 선비가 되어 걷는 듯하다.

초가로 된 서민 가옥은 본채와 문간채, 헛간으로 단출하게 이루어져 있다. 마당에서는 하인들이 짚으로 지붕에 얹을 이엉을

맹물에 조약돌을 삶아 먹어도

엮고 있다. 내가 어렸을 적 만해도 시골 마을은 거의 초가였다. 지붕 위로 올라간 푸른 박 덩굴에 박이 주렁주렁 열리고, 집집마다의 굴뚝에서는 밥 짓는 연기가 모락모락 피어올랐다. 옛 선비들은 청빈을 으뜸의 덕목으로 삼았다. 도를 닦지 못함을 근심할지언정 가난을 근심하지 않는다는 우도불우빈(憂道不憂貧)의 선비정신이 물씬 풍겨났다.

기와지붕의 중류 가옥은 본채와 문간채, 사랑채, 대청이 있다. 대청마루에서는 다듬이질이 한창이다. 그 역시 내게는 정겨운 풍경이다. 할머니와 어머니가 대청에 마주 앉아 풀 먹인 이불 홑청을 다듬이질하던 모습이 눈에 선하다. '토다닥~ 토다닥' 들려오는 리드미컬한 소리가 귓가에 생생하다. 옛 선비들은 수신을 위해 인, 의, 예, 지를 공부하고 실천하는 일을 게을리하지 않았다. 자기 몸과 마음을 닦고 집안을 다스린다는 수신제가(修身齊家)의 선비정신이 느껴졌다.

대가 가옥은 중류 가옥에 없는 별채와 사당까지 있다. 그러나 그 역시 졸부의 호사와는 거리가 멀다. 오히려 품격이 느껴진다. 옛 선비들에게는 과거시험을 통해 관료의 길로 나아가 나라를 위하고 이름을 떨치는 입신양명(立身揚名)의 선비정신이 있다.

그러나 이런저런 자취만 남아있을 뿐, 그때 그 올곧던 선비들은 간 곳이 없다. 그들의 후손인 우리들이 세상을 가득 채우고 서로 경쟁하며 살아갈 뿐이다. 세상은 점점 더 많은 기술과 정보로 넘쳐난다. 어쩌면 우리는 진정한 가치를 잃어버리고 정처

없이 헤매고 있는 것은 아닌지 모르겠다.

　선비촌을 나서며 말없이 서 있는 선비 동상을 한동안 바라보았다. 선비는 나에게 "무엇을 보았느냐?"고 묻는 것 같았다.
　부끄러움에 더 이상 마주 볼 수 없었다.

형식이 뭐가 중요하랴

지인의 아들 혼례 소식을 전해 듣고 잠시 고민했다. 예정된 일
정이 있어서이다. 청첩장에 계좌 번호까지 적혀있으니, 축의금
만 넣어주면 인사치레는 된다. 그러나 오랜 지인의 자녀 결혼식
이 아닌가. 만사 제쳐두고 길을 나섰다.

주인공인 신랑의 나이는 마흔하나이다. 어쩌다 결혼이 그리
늦어졌을까? 하긴 늦고 안 늦고의 기준은 세대마다 다르다. 내
가 결혼할 무렵에 마흔하나는 분명 만혼이었다. 그러나 요즘엔
마흔 넘은 총각과 처녀들이 주위에 수두룩하다. 우리 세대야 서
른 살만 넘으면 노총각 노처녀 딱지가 붙었고, 결혼하지 않으면
큰일나는 줄 알았다. 요즘엔 사십 대에 결혼하는 건 예사이고,
아예 결혼을 하지 않으려는 사람들도 있다.

혼자서 살기에도 벅찬 세상에 결혼하고 자식을 낳는다는 건
결코 쉬운 일이 아니다. 금수저를 물고 태어나지 않는 한 육아
와 내 집 마련은 막막하기만 하다. 서울 변두리에서나마 집을
장만하려면 정년퇴직할 때까지 한 푼도 쓰지 않고 모아도 될까

맹물에 조약돌을 삶아 먹어도

말까 하다. 그러니 누가 결혼을 하고 아이를 낳으려고 하겠는가. 결혼해서 힘들게 사느니 차라리 혼자 편하게 사는 것을 택할 만하다. 바야흐로 결혼은 필수가 아닌 선택의 시대라는 말이다. 그러니 마흔 전이건 후건 결혼만 해도 부모로서는 감지덕지로 여길 수밖에 없다.

나와 함께 산행하는 사람 중에도 쉰 살이 넘은 미혼 남녀들이 있다. 그들은 등산하며 이성을 만나기도 한다. 그러나 결혼은 하지 않는다. 딱히 외롭지도 않고 혼자만의 자유로움과 편안함이 더할 나위 없이 좋은데 뭐 하러 결혼하느냐며, 미혼이 아니라 비혼이라고 한다.

미혼(未婚)과 비혼(非婚). 그게 그거 같은데 그 둘 사이에는 엄청난 차이가 있는 모양이다. 결혼할 마음은 있는데 하지 못했다는 것이 미혼이고, 아예 결혼 자체를 하지 않겠다는 것이 비혼이다. 자신을 미혼이 아닌 비혼이라고 강조하는 사람들은 결혼 자체를 아예 생각조차 하지 않는다는 말이다. 그들의 눈에는 결혼이 마치 섶을 지고 불에 뛰어드는 것처럼 보이는 모양이다. 하긴 결혼한다고 행복이 보장된다는 말은 나도 못하겠다. 요즘 세상에 누가 결혼하라 말라 간섭하랴. 그러니 마흔한 살에 장가가기로 마음먹은 지인의 아들은 새삼 다행스럽다고 하지 않을 수 없다.

예식장에 도착하면 혼주의 눈도장을 찍고, 축의금을 내고, 식권을 받아 밥 한 끼 먹고 오는 게 전부이다. 식장에 들어가 봐야

식순에 따라 신랑 신부 입장하고, 성혼을 선언하고, 주례사를 하고, 사진을 찍고, 이게 공식처럼 행해진다. 마치 기계로 찍어 내듯 똑같아 지루하기만 하다. 그런데 주례 없는 결혼식이란다. 지금까지 봐온 결혼식은 다 거기서 거기였는데, 뭐가 다를지 호기심이 당긴다.

시간이 되자 사회자의 개식 선언으로 식이 시작된다. 그러나 단 위에 있어야 할 주례가 예상했던 대로 보이지 않는다. 남들은 어떻게 생각할지 모르겠으나 내 눈엔 허전하기만 하다. 주례가 없으니, 모든 게 사회자의 진행으로 이루어진다. 신랑과 신부가 손을 잡고 동시에 입장을 한다. 신부는 그 아버지 손을 잡고 입장을 해야 하는 줄 알고 있는 내 눈에는 이 또한 어색하다. 이쯤 되니 신랑의 검정 정장과 신부의 하얀 웨딩드레스 차림만은 아직 바뀌지 않은 게 신기할 따름이다.

신랑 신부 스스로 혼인 서약을 낭독하고, 신랑 신부의 아버지가 차례로 단 위에 올라가 성혼 선언을 하고 덕담을 한다. 덕담이라고 해봐야 주례사와 별다를 게 없다. 행복하게 살라는 당부와 하객께 감사의 인사를 드리는 내용이다.

퇴장 행진을 할 때 사이키 조명이 번쩍이며 돌아간다. 하객은 휴대폰을 켜 좌우로 흔든다. 천장에서 오색 종이와 꽃잎이 쏟아져 내린다. "뽀뽀해!"라는 연호에 신랑과 신부는 못 이긴 척 가볍게 입맞춤을 한다.

자고로 격식에 맞춰 엄숙하게 진행하는 게 결혼식인데, 너무

맹물에 조약돌을 삶아 먹어도

가벼운 건 아닐까 생각되기도 했다. 그러나 한편으로는 편안한 분위기에 지루하지 않았다. 마치 무도회장에 온 것 같았고, 한 편의 퓨전연극을 본 것 같았다.

예나 지금이나 변하지 않은 게 있다면 그건 축의금이다. 그런데 축의금을 받는 접수대가 없어지고 대신 키오스크가 하객을 맞이한다. 키오스크에 축의금을 내면 식권과 주차권이 자동으로 나온다. 저출생으로 인하여 축의금을 받아 줄 친족조차 드물어졌고, 하객 명단과 축의금을 따로 정리할 필요 없이 일목요연하게 정리된다. 접수대에서 사람이 받는 것보다 여러모로 좋다고 한다.

혼례를 치르는 당사자들이 만족한다면 형식이라는 게 뭐가 중요하랴 싶다. 태초부터 형식이 정해져 있었던 것도 아니잖은 가. 서구의 결혼식이 자리 잡기 이전에 우리 조상들은 사모관대에 원삼 족두리를 쓰고 혼례를 올렸었다. 그 시절 어른들은 신문물을 따라 턱시도를 입은 신랑과 면사포를 쓴 신부를 바라보며 혀를 찼을 것이다. 형식이란 세월 따라 변하는 것이다. 시대가 바뀌면 형식도 변하기 마련이다. 어른들을 어리둥절케 하고 젊은이들에겐 환호받으며.

나는 키오스크를 통해 축의금을 내며 빌었다. 검은 머리 파뿌리 되도록 백년해로하길. 참, 이런 꼰대 같은 축원도 형식을 갈아야 할 때가 된 거 아닌지 모르겠다.

2부

내가 낚아 올린 건

어머니의 효자손

몸이 가려울 때 긁지 않고 견딜 수 있는 사람이 몇이나 있을까. 나는 참을성이 없어서인지 바로 긁어야 한다. 손이 닿는 곳이야 손으로 직접 긁으면 되지만, 손이 닿지 않는 곳이 가려우면 곁에 있는 사람에게 긁어달라고 한다. 그러나 아무도 곁에 없을 때는 어떻게 해?

뭘 어떻게 해. 볼펜이든 막대기든 잡히는 대로 손에 잡고 긁어야지. 손에 잡히는 것도 없을 때는 책상이나 장롱 모서리에 대고 비비는 수밖에. 효자손만 곁에 있으면 어느 누가 긁어주는 것보다 긁고 싶은 곳을 콕 찍어 시원하게 긁을 수 있다. 자주 쓰지는 않지만 없으면 아쉬운 효자손. 지금도 효자손을 보면 어머니 생각이 울컥 솟아오른다. 늘 어머니 곁에 있던 물건이고, 위급에 처한 어머니를 구하기까지 했으니….

'톡! 톡! 톡!'

젖먹이 둘째 아이가 보채어 선잠이 들었던 아내는 뭔가 두드리는 소리에 잠에서 깼다. 아내는 단잠에 빠진 나를 흔들어 깨웠다. 시계를 보니 새벽 3시 15분.

"일어나 봐요. 어머니 방에서 무슨 소리가 난 거 같아요."

"이 밤에 소리는 무슨, 잠이나 자."

"빨리 일어나 봐요. 분명히 무슨 소리를 들었어요."

아주 오래전, 어머니가 오십 대 후반이실 때 있었던 일이다. 그때 어머니는 농사철에는 시골에 계시고 한가한 겨울철에는 자식 집에 올라오셨다. 어머니가 올라오시면 방이 두 개뿐인 우리는 건넛방을 어머니가 쓰시도록 비워드렸다. 그런 어느 날 새벽이었다. 아내는 건넛방에서 무슨 소리가 난 거 같다며 한참 잠에 빠진 나를 흔들어 깨운 것이다.

도둑이 든 건 아닐까, 졸린 눈을 비비고 일어나 어머니 방문 앞에서 귀를 기울였다. 그러나 조용하기만 하다.

"어머니, 주무세요?"

"……."

"어머니!"

"……."

어머니를 거듭 불러도 아무런 기척이 없으셨다. 주무시는가 보다 생각하고 돌아서려는데, 왠지 예감이 좋지 않았다. 혹시나 하여 방문을 살며시 열고 들여다봤다. 어머니는 누운 채로 움직이지도 못하고 핏기 없는 창백한 얼굴에 눈만 껌벅이고 계셨다. 입술도 바짝 말라 있고 말 한마디 하지 못하셨다. 나는 허겁지겁 어머니를 둘러 업고, 아내는 택시를 잡으러 뛰어나갔다. 병원 응급실에 도착하여 산소호흡기 처치를 받고서야 숨을 돌릴 수 있었다. 당뇨 외에는 지병이 없으셨는데 갑상샘염이라 했다.

아내가 들은 '톡! 톡! 톡!' 소리는 어머니가 우리를 깨우기 위해 곁에 있던 뭔가로 문을 두드리는 소리였다. 그때 어머니 손에 잡힌 고마운 물건이 바로 효자손이다. 마침 효자손이 어머니 곁에 없었더라면 어떻게 되었을까, 가슴을 쓸어내렸다. 그로부터 효자손은 늘 어머니 곁에 있었다.

세월은 훌쩍 흘러가고, 시골과 서울을 번갈아 오가며 지내시던 어머니는 아예 서울로 올라오셨다. 그때 어머니는 거동이 어려울 정도로 건강이 좋지 않으셨다. 때마침 우리는 방이 넉넉한 주택으로 이사를 했다. 복층 주택이어서 1층은 아내와 내가, 2층은 아이들이 쓰고, 어머니는 3층에 모셨다.

내가 출근하고 아이들이 학교에 가면 어머니와 아내만 집에 남았다. 3층에 계신 어머니가 1층에 있는 며느리를 부르려면 목소리를 높여야 하고, 며느리도 귀 기울이고 있어야만 했다. 그러다 효자손으로 방문을 두드려보니, 그 소리가 아래층까지 또렷하게 울려 퍼졌다. 목소리를 높여 부르는 것보다 열배 백배 효율적이었다. 이때부터 어머니는 며느리를 부를 때마다 효자손을 두드렸다.

'톡! 톡! 톡!'

효자손 두드리는 소리가 들리면 아내는 3층으로 올라갔다.

맹물에 조약돌을 삶아 먹어도

"부르셨어요?"

"그래. 물 좀 다오."

어머니에게 효자손은 등을 긁거나 며느리를 부를 때뿐만 아니라 여러모로 쓸모가 있었다. 이를테면 방구석에 있는 물병이나 약 봉투를 끌어당길 때, 물을 마시고 제자리로 밀어놓을 때, 휴지나 수건을 끌어당길 때도 몸이 불편한 어머니는 효자손으로 끌어당기고 밀어놓으셨다. 효자손이 어머니의 입이 되고 손이 되었다.

어머니가 다시는 돌아올 수 없는 먼 길을 떠나실 때, 그만 효자손을 챙겨드리지 못했다. 지금 어머니는 효자손도 없이 어떻게 지내고 계실까? 그곳에선 효자손이 필요 없을 만큼 건강하시기를 빌 뿐이다. 아프고 불편한 건 이쪽 세상의 일이다. 어머니가 두고 간 효자손을 이제는 내가 요긴하게 쓰고 있다. 그걸로 내가 내 등을 긁고 있으니 말이다.

나는 어머니께 아무것도 해드린 게 없다. 효자손보다 못한 자식이었다. 진짜 효자는 자식이 아니라 효자손이었다.

지금도 어머니를 떠올리면 어디선가 효자손 두드리는 소리가 들려오는 것만 같다. 어서 와 달라는 소리가 아니라, 나는 잘 있으니 걱정하지 말라는 말씀이리라.

'톡! 톡! 톡!'

메리와의 추억

맹물에 조약돌을 삶아 먹어도

고향을 떠나 객지 생활을 하면서 녀석은 저절로 잊혔다. 첫사
랑 같은 녀석이 다시 생각난 건 단독주택에 살게 되면서이다.
마당이 있으니, 녀석과 다시 함께 살고 싶었다. 그 녀석과 닮은
녀석이라도….

초등학교 때, 우리 집에서는 누런 토종개를 키웠다. 말이 토종
개이지, 흔한 말로 똥개이다. 비록 똥개에 불과하지만, 하는 짓
이 하도 사랑스럽고 귀여워서 '메리'라고 이름까지 지어주었다.
마당 구석에 나무판자로 자그마한 집을 지어주었다. 녀석은 산
으로 밭으로 뛰어다니느라 발은 늘 흙투성이였다. 학교에 갔다
가 집에 돌아오는 길이면 발소리만으로도 나를 알아보고 사립
문 밖까지 뛰어나와 온몸으로 나를 반겨 주었다. 꼬리를 흔들며
흙투성이 발로 뛰어오르고 핥아대어 옷을 죄다 버렸지만, 요 녀
석이 보고 싶어 곧장 집으로 달려오곤 했다. 메리와 나는 곧잘
얘기를 나누며 함께 놀았다.
　"메리야, 심심하지?"

"멍(그래)~"

"우리 놀이할까?"

"멍(그래)~"

"이거 던질 게 물어와."

"멍멍(그래, 던져봐)~"

그렇게 메리와의 사랑은 무르익어갔다. 그러던 어느 해 여름 방학이었다. 전국적으로 쥐잡기 운동이 한창이어서 쥐꼬리를 모아 학교에 내는 게 방학 숙제였다. 숙제하려고 밥알에 쥐약을 묻혀 보시기에 담아 쥐들이 다니는 길목에 놓았다. 밤이 지나고 방문을 여니, 마당에는 쥐가 아닌 메리가 누워있었다. 아뿔싸! 그걸 메리가 먹은 걸까? 메리의 몸은 이미 차갑게 식어 있었다. 메리를 집 뒤 숲에 묻어주고, 슬픔에 젖어 한동안 밥도 먹지 못했다. 그렇게 메리는 내 곁을 떠나갔다.

세월이 흐르고 흘러 30대 초반, 내 집 마련을 한답시고 허름한 단독주택을 사서 이사를 했다. 자그마한 마당은 메리와의 추억을 불러일으켰다. 다시 한번 그 사랑을 하고 싶었다.

그러나 메리를 닮은 녀석은 찾을 수 없었다. 하는 수 없이 집이라도 잘 지키는 녀석을 기르리라 생각했고, 기르다 보면 정이 들 줄 알았다. 그래서 기르게 된 녀석이 불도그와 도사견의 잡종이다. 새끼 때는 귀엽더니만 점점 커가면서 정이 들기는커녕 걱정거리가 되었다. 덩치도 크고 생김새도 험상궂고 사나워서,

모르는 사람이 얼씬거리면 펄쩍펄쩍 뛰며 물어뜯을 기세로 이빨을 드러내고 '그르릉'거렸다. 얼마나 힘이 센지 매어놓은 쇠말뚝이 뽑힐 듯 흔들려 수시로 확인해야만 했다. 또한 먹기도 많이 먹고 똥을 한 바가지씩 싸대니 치우기도 힘들고 냄새도 많이 났다.

망설이고 또 망설이다 3년이 지나서야 진돗개로 바꿨다. 진돗개는 그 명성에 걸맞게 집도 잘 지키고 잘 따르기도 해 사랑스러울 뿐만 아니라 믿음직스럽기까지 했다. 2년 정도 지났을까, 갑자기 밥을 먹지 않고 시름시름 야위어갔다. 알고 보니, 닭 뼈가 위장에서 소화가 되지 않고 찔러대고 있었다. 주인으로서 챙겨주지 못한 죄책감이 밀려왔다. 그러고는 다시는 개를 기르지 않으리라 다짐했다.

요즘에는 어딜 가나 개와 함께 사는 사람들이 많다. 많아도 너무 많다. 내가 아는 어느 친구는 혼자 살면서 개 두 마리와 함께 산다. 그 친구가 개 때문에 여행 한번 가지 못한다고 푸념하기에, 동물보관소에 맡기고 다녀오라고 하니, 개가 스트레스를 받아서 그럴 수는 없다고 한다. 언젠가 그 친구 집에 놀러 간 적이 있는데, 개들이 이리저리 뛰어다녀 집안이 난장판이었다. 사람 사는 집에 개가 얹혀사는지, 개집에 사람이 얹혀사는지 헷갈릴 지경이었다. 웃으며 한마디 했다.

"하하, 이거 완전 개판이네."

개와 함께 사는 건 친구뿐이 아니다. 산책하기 위해 수목원에 들어서면 스쳐 지나는 사람마다 개를 데리고 다닌다. 대충 봐도 열에 셋은 개와 함께 산책을 한다. 어느 중년 여인이 개 두 마리와 함께 옆을 스쳐 지난다. 그런데 한 녀석이 부끄러운 줄도 모르고 뒷다리를 들어 영역 표시를 한다. 이에 질세라 다른 녀석도 영역 표시를 한다. 저러다 응가를 하면 어떻게 할까, 은근히 걱정된다. 다행히 목줄을 움켜쥔 여인의 손에는 비닐봉지가 들려있다.

몇 걸음 걸었을까, 유모차가 지나기에 무심코 바라보니 아기가 눈을 마주치며 방긋 웃는다. 그 모습이 너무너무 귀엽다. 뒤따라 젊은 부부가 유모차를 앞세우고 다정하게 걷고 있다. 이번에도 아기가 타고 있으려니 생각하고 힐끗 쳐다보니, 아기가 아니라 개이다. 그런데 개는 알록달록한 예쁜 옷을 걸치고 있다. 얼마나 사랑스러웠으면 개에게 옷까지 입히고 유모차에 태워 신줏단지 모시듯 할까. 하긴 아기용품을 파는 데는 찾기 힘들어도 개용품을 파는 데는 곳곳에 널려있다. 유모차보다 개모차가 더 많이 팔린다고 한다.

개와 함께 한 공간에서 살아가는 사람들은 개가 아기라도 되는 양 사랑을 쏟아붓는다. 시시때때로 밥을 챙겨주고, 간식도 챙겨주고, 목욕도 시켜주고, 이발과 염색도 해주고, 옷도 해 입히고, 산책도 시키고, 놀아주고, 배설물 뒤치다꺼리까지 한다. 그러고도 힘들다고는 하지 않는다. '개 팔자가 상팔자'라는 말이

맹물에 조약돌을 삶아 먹어도

딱 맞는다.

그런데 더러는 개가 늙고 병들었을 때, 나 몰라라 하는 사람들이 있다. 사랑할 때는 헌신하다가 사랑이 식으면 헌신짝처럼 내팽개치는 사람들. 가끔은 궁금하다. 그들은 또 다른 개를 구할까? 아니면 자신의 그릇이 한 생명을 책임지기엔 부족하다는 것을 깨달았을까?

혼하디혼한 게 개이지만, 메리를 닮은 녀석은 아직 보지 못했다. 하나같이 개성 있고 족보가 있다고는 하지만, 내 눈엔 메리만큼 귀엽고 사랑스럽지는 않다.

누군가에게 개가 가족이라면 나에게 개는 첫사랑 같은 존재이다. 이 세상 개들을 보면 메리와 사랑을 나누던 추억이 떠올라 나도 모르게 미소 짓는다. 한편으로는 세상 어디서도 메리를 다시 만날 수는 없음에 눈앞이 아련해진다.

청바지 사랑

맹물에 조약돌을 삶아 먹어도

코로나바이러스가 극성을 부리면서 몸도 마음도 위축되어만 가던, 그때 나는 역설적으로 활기차고 젊어졌다. 그것도 40여 년이나 젊어졌다. 무슨 억지소리냐 하겠지만, 그건 엄연한 사실이다.

코로나에 풀이 죽어있는 나에게, 아내는 생활에 변화를 줘 심신에 활력을 주라고 한다. 무엇을 어떻게 변화를 주라는 건지, 고개가 갸우뚱 기울여진다.

"청바지를 입어 봐요."

"뭐? 청바지를? 내가?"

나이에 걸맞지 않게 청바지는 무슨 청바지냐 대꾸하면서도, '정말 그래볼까?', 발걸음은 슬그머니 청바지 가게로 향한다.

40여 년 만에 입어보는 청바지. 무엇보다 몸이 편해서 좋다. 거기에 셔츠 하나만 걸쳐도 되고, 운동화를 신어도 되어 발까지 편하다. 웬일인지 거울 앞에 서서 요리조리 비춰 봐도 그다지 어색하지도 않다. 청년의 몸으로 되돌아간 것은 아니지만,

한껏 젊어진 것만 같다. 장발에 청바지 차림으로 음악다방을 찾아 사랑을 속삭이던, 70년대 그 시절로 돌아간 것만 같으니 말이다.

그 시절 잊을 수 없는 기억 한 토막이 삐죽이 고개를 내민다. 때는 서슬 퍼렇던 군사독재 시절. 정부는 젊은이들 사이에서 유행하던 미니스커트와 장발을 퇴폐풍조로 규정하고 단속했다. 미니스커트는 무릎 위 20cm, 장발은 옆머리가 귀를 덮으면 단속 대상이었다. 나도 단속 대상에 해당하는 장발이어서, 바리캉과 자를 가지고 단속하던 경찰관과 숨바꼭질하듯 요리조리 피해 다녔다. 그러던 어느 날, 명동 코스모스백화점 앞에서 붙잡히고 말았다. 꼼짝달싹 못 하고 바리캉으로 귀가 보이도록 머리카락이 '싹둑' 잘리었다.

요즘 청바지는 예전하고는 사뭇 다르다. 예전엔 젊음과 저항의 상징이었는데, 이제는 나이와 성별, 직업을 불문하고 누구나 입는 게 청바지이다. 그것도 멀쩡한 바지를 일부러 너덜너덜하게 만들거나 허옇게 물이 빠진 청바지를. 여성들은 그런 바지를 몸에 꽉 끼게 입는다. 엉덩이와 다리의 곡선을 그대로 드러내 관능미를 과시한다.

대중가수 변진섭은 '희망 사항'에서 이렇게 노래했다.

"청바지가 잘 어울리는 여자, 그런 여자가 좋더라."

이에 노영심은 이같이 재치 있게 응수했다.

맹물에 조약돌을 삶아 먹어도

"그런 여자한테 너무 잘 어울리는, 그런 남자가 좋더라."

나도 '그런 남자'가 될 수 있을까? 허황한 망상에 불과하겠지만, 하지만 난 청바지를 사랑하련다.

거목으로 자리한 까닭은

맹물에 조약돌을 삶아 먹어도

"별이 총총한 밤이면 시가를 입에 물고 마테차를 손에 든 그는 선생님으로 변신했다. 수업이 끝나면 그는 늘 곁에 두고 있던 책을 펼쳐 들었다."

프랑스 작가 장 코르미에가 쓴 '체 게바라 평전'에 나와 있는 글귀이다. 그가 내 마음속에 들어와 거목으로 자리한 까닭은 전설적인 게릴라라서, 위대한 혁명가라서가 아니다.

학창 시절 내 마음속에 들어와 거목으로 자리한 그. 그가 새삼 떠오른 건 그의 일대기를 그린 영화가 국내에서 상영되면서이다. 그 영화를 꼭 보리라 마음먹었으나 사정상 보지 못하고, 대신 서재에 잠들어있던 책을 다시 꺼내 들었다.

긴 머리와 덥수룩한 수염, 짙은 눈썹, 푸른색 눈동자, 별이 붙어있는 베레모를 쓴 체 게바라. 책과는 거리가 먼 듯한. 그는 실은 지독한 독서광이었다. 아르헨티나에서 태어나 볼리비아에서 죽음을 맞이할 때까지 그의 곁에는 늘 책이 있었다.

그가 독서광이 된 데에는 이런 사연이 있다. 천식을 심하게 앓는 약한 아이로 태어났기 때문에 아이러니하게도 책 속에 파묻힐 수밖에 없었다. 학교에 들어가자마자 심한 천식 발작을 일으켜 학교를 중단해야만 했다. 천식으로 쉽사리 잠을 이룰 수 없는 밤이면 손에 잡히는 대로 책을 읽으며 밤을 지새우곤 했다. 프랑스 문학에 조예가 깊었던 어머니와 아버지의 책은 물론 소포클레스부터 프로이트, 그리고 '로빈슨 크루소'와 '삼총사'까지 섭렵한 게걸스러운 독서광이 되어 있었다.

그는 언제 어디서든 손에서 책을 놓지 않았다. 의사가 되어 테차나르 나병원으로 갈 때는, 그가 꾸린 짐 속에는 갈아입을 옷 몇 벌과 네루의 '인도의 발견'이라는 책이 들어 있었다. 마추픽추에 갈 때는 책들을 싸 갔다. 아내가 될 일다와 만날 때는 서로의 책을 바꿔가며 읽었다. 독서는 두 사람을 더욱 가깝게 만들어 주었으며 부부의 연까지도 맺을 수 있게 해주었다.

그는 게릴라 생활을 하면서도 책을 읽었다. 정부군을 피해 험난한 밀림 속이나 동굴 등에 숨어 지내면서도, 힘든 하루가 끝나고 모두 곯아떨어진 밤에도 홀로 불을 밝히고 책을 읽었다. 늘 남보다 촛불을 늦게 껐기에 영내에서 가장 많은 밀랍을 소비하는 게릴라로 통했다.

어디를 가든 그의 배낭 속에는 늘 마르크스와 레닌, 프로이트의 저작들이 들어있었다. 보부아르와 사르트르를 만났을 때 그들과 밤을 새워 대화를 나눌 수 있었던 것도 실존철학 계열의 많은 저작을 독파한 데다 키르케고르, 하이데거, 카뮈를 비롯하

맹물에 조약돌을 삶아 먹어도

여 여러 사상가를 알고 있었던 덕분이었다. 그런 그를 사르트르
는 이렇게 평가했다.

"그 시대의 가장 완전한 인간이다."

그는 책만 읽은 것이 아니라 글도 썼으며 글자를 가르치기도
했다. 페루에 있을 때는 신문 등에 투고하고 여행을 하면 여행
기를 썼다. 게릴라 활동을 하면서도 일기를 쓰고 시를 썼다.

강의실로 변한 오두막에서 낮에는 농민과 아이들에게 읽기와
쓰기를 가르치고 밤이 되면 글을 모르는 대원들을 가르쳤다. 낡
은 타자기를 두 손가락으로 두드리고 등사기로 밀어 지하신문
을 만들어 자신의 혁명적 사상과 신념을 쏟아부었다.

서른아홉이라는 짧은 생애를, 이념을 넘어 인류의 진정한 자
유와 평등, 그리고 행복을 위하여 혁명가의 길을 걸었던 체 게
바라. 그가 자신의 신념을 완성할 수 있었고 신념을 위해 온몸
을 던질 수 있었던 것은 놀랍게도 독서의 영향이었다.

"독서는 완성된 사람을 만들고, 담론은 재치 있는 사람을 만들
며, 글쓰기는 정확한 사람을 만든다."

영국의 철학자 베이컨의 말이다. 그런데 나는 아직도 완성된
사람이 아니고 재치 있는 사람도 아니다. 그렇다고 정확한 사람
은 더더욱 아니다.

책과 함께 치열한 삶의 궤적을 그려나간 그의 삶은 감동이었

고 충격이었다. 내 마음속에 들어와 거목으로 자리하기에 이르
렀다.

맹물에 조약돌을 삶아 먹어도

내가 낚아 올린 건

낚시하러 갔다. 민물낚시가 아니라 바다낚시. 그것도 게 낚시이다. 게 낚시는 나에게는 첫 경험이다. 낚싯줄을 바다에 던져넣고 입질을 기다리며 앉아 있으려니, 어느새 나는 50여 년의 세월을 거슬러 올라가 중학생 시절로 돌아가 있었다.

친구로부터 전화가 왔다. 며칠 전에 낚시했는데 게를 한 소쿠리 잡았다며, 낚시를 가자고 한다. 낚시라면 어렸을 때 해보고 다시 못 해봤다. 그동안 낚시를 하지 않은 이유는 낚싯줄을 물에 던져두고 입질할 때까지 마냥 기다려야 하는 게 지루하게 느껴져서이다. 동적인 활동을 더 하다가 나이가 들어 힘이 빠졌을 때 하면 좋을 거라는 생각에 미뤄뒀던 것이다. 그런데 어쩐지 친구의 이번 제안은 귀가 솔깃해진다. 더구나 게 낚시는 어렸을 때조차 한 번도 해보지 못했던 종목이 아닌가. 그래서 나는 무작정 따라나섰다.

낚시터는 인천 강화군에 있는 자그마한 섬, 교동도이다. 2014년에 강화도와 교동도를 잇는 다리가 완공되어 차로 바로 들어

갈 수 있었다. 물때에 맞춰야 한다기에 잠도 한숨 못 자고 새벽 2시에 출발했다.

어느 작은 포구에 이르니, 어둠 속에서 몇몇 사람들이 낚시 준비를 하고 있다. 우리도 낚싯대를 꺼내 서성이다 보니 어둠이 물러가기 시작한다. 방파제 앞 선창으로 내려가 자리를 잡고 앉아 낚시에 미끼를 꿰어 바다에 던져 넣었다.

조용히 부서지며 '철썩~'이는 파도 소리가 들릴 듯 말 듯 귓가에 날아들고, 비릿한 바다 내음이 바람에 실려와 코끝을 스친다. 어디서 날아왔는지 갈매기들이 '끼룩~ 끼루룩' 노래하며 날아다닌다. 문득, 중학교 때 낚시하던 기억이 어제의 일처럼 또렷하게 떠오른다.

그러고 보니 벌써 50여 년이 흘렀다. 세월이 나를 낚은 건지, 내가 세월을 낚은 건지 모르게 세월은 훌쩍 흘러갔다.

사실 나는 어린 시절의 기억은 또렷하게 떠오르는 것이 별로 없다. 일종의 기억상실중인가 싶을 정도로 모든 게 흐릿하다. 그런데 딱 한 가지, 또렷하게 기억나는 것이 있다. 그건 바로 중학교 3학년 때, 낚시하던 기억이다.

그때 나는 틈만 나면 낚시를 했다. 낚시하는 게 얼마나 좋던지, 학교가 끝나면 집에 오자마자 책가방을 마루에 던져놓고 저수지로 달려갔다. 집 뒤에 자라는 대나무를 잘라 매끈하게 다듬어 낚싯대와 받침대를 만들고, 대나무 끝에다 명주실을 묶고,

수수깡으로 찌를 만들어 달았다.

저수지에 이르면 떡밥을 먼저 던져 넣는다. 물고기들이 떡밥 냄새를 맡고 몰려든다. 그때쯤 지렁이를 낚싯바늘에 꿰어 던져 넣으면 입질을 시작한다. 온 신경을 집중해 지켜보다가 찌가 움직이면 낚아챈다. 낚싯줄이 팽팽하게 당겨지며 손마디에 '찌르르' 전해오는 맛! 그 짜릿한 손맛은 지금도 잊을 수 없다.

낚시를 시작하기에 앞서 친구는 일장 설을 푼다.

"게 낚시는 생각보다 단순해. 낚싯바늘에 꿰인 게를 낚아채는 게 아니고, 입질할 때 줄을 잡아당기면 펴져 있던 그물망이 오므라지면서 게가 그 속에 갇히거든. 그걸 끌어올리는 거야."

지름 20cm 정도 되는 둥근 그물망에 미끼를 매달아 바다에 던져 넣었다. 미끼는 반 뼘 정도의 크기로 토막 낸 고등어이다. 고등어의 비린내가 게를 유혹한다고 한다. 과연, 오래 기다리지도 않았는데, 물 아래 반쯤 잠겨있는 찌가 살살 움직인다. 고등어 토막을 게가 뜯어먹고 있다는 신호이다. 낚싯대를 휙 낚아채며 재빠르게 줄을 감는다. 뭔가 묵직한 느낌이 손에 전해온다. 물고기가 잡혔을 때 팔딱이며 힘 대결을 벌이는 손맛은 아니다. 그냥 묵직한 느낌뿐이다. 그물망을 끌어올리니, 집게발에 누르스름한 털이 복슬복슬한 게 한 마리가 들어있다. 생짜배기 초보가 가장 먼저 잡아 올리자, 이를 바라보던 친구가 그냥 지나칠 리 없다.

맹물에 조약돌을 삶아 먹어도

"어! 게가 눈이 먼 거 아냐?"

"하하~ 그러게."

"무슨 게?"

"그러게. 하하~"

물이 들어오는 속도가 은근히 빠르다. 낚시에 정신이 빠져 고립되는 사람들이 이해된다. 물이 들어오는 대로 조금씩 위로 자리를 옮긴다. 그러다 갯벌에 물이 꽉 차오르면 더 이상 낚시를 할 수 없다. 아니, 낚시를 할 수 없는 게 아니라 잡히지 않는다고 한다.

잠시 기다렸다가, 물이 빠지기 시작하자 다시 낚싯대를 담갔다. 그러나 더 이상 입질을 하지 않는다. '초식 불길'일까? 고스톱만 그런 줄 알았는데 낚시도 그런 모양이다. 초장에 세 마리 잡고 그거로 끝이다.

역시 낚시는 너무 정적이라는 내 생각이 맞았다. 낚시의 단점이라기보다는 본질이 바로 그 정지된 기다림에 있다. 기다림을 즐기는 자들만이 진정한 낚시꾼이 되는 것이다. 다시 봐도 나와는 맞지 않는다. 손맛을 알되, 기다리는 건 질색인 사람이 바로 나이다. 그러니 뭐 어쩌랴. 나에게는 나에게 맞는 활동이 따로 있다. 좀 더 동적인 활동을 즐길 시간이 남아있다. 아직은 그럴수 있는 두 다리가 건재하니까.

그날 내가 낚아 올린 건 물고기도 게도 아니다. 그건 세월과

함께 흘러간 추억이다. 그 추억을 가슴속에 담아두자. 그리고
또 부지런히 움직이자. 언젠가 또 낚아 올릴 새로운 추억을 만
들어가자.

어, 이게 누구야

밤과 낮을 가리지 않고 연일 찜통더위가 기승을 부린다. '2024 파리 올림픽'이 불볕더위만큼 뜨겁다. 우리 선수들은 불굴의 투혼을 불사르고, 승전보가 속속 날아든다. 한 줄기 신풍이 가슴을 스치며 잠시나마 더위를 잊게 해준다. 하지만 나는 올림픽이 열리면 지우고 싶은 기억이 떠올라 씁쓸해지고는 한다.

'88 서울 올림픽'이 열리던 그해 봄, 전혀 생각지도 않은 친구가 사업장에 찾아왔다. 고향에서 중학교와 고등학교를 함께 다닌 어릴 적 친구. 고등학교를 졸업하고 소식도 모른 채 각자도생하다 만났으니 실로 16년 만이다. 반가움에 친구의 손을 덥석 잡았다.

"어, 이게 누구야?"

오랜 세월이 지났는데도 금세 알아본 건 그 친구의 특징 있는 모습 때문이다. 학창 시절 그는 큰 키에 허리가 구부정하며 책가방을 옆구리에 끼고 한쪽 팔을 흔들며 걷는 모습이 영락없는 애늙은이였다. 그 모습은 예나 지금이나 조금도 달라지지 않았다.

맹물에 조약돌을 삶아 먹어도

친구는 내 사업장과 같은 지역에서 식품대리점을 운영하고 있었다. 등잔 밑이 어둡다고, 한동네에 있었으면서 서로 모르고 지냈던 것이다. 그 후 친구는 하루도 거르지 않고 찾아왔고, 그때마다 시간 가는 줄 모르게 얘기를 나누고는 했다. 그렇게 채 한 달이 되지 않은 어느 날이었다. 그는 조심스럽게 말을 꺼냈다.

"돈 있으면 천만 원만 빌려줘라."

물품 대금을 본사에 입금해야 하는데 수금이 되지 않아 그렇다며, 이삼일 내로 돌려줄 테니 당장 빌려달라는 것이다. 친구의 딱한 사정은 이해가 되었으나, 돈이 들어오면 지출하기에 바빠 그만한 여유 자금을 쌓아둘 여력이 없었다. 부탁을 들어줄 수 없어 미안하다고 하자, 그의 얼굴에 서운한 기색이 스쳐 지나가는 것이 얼핏 보였다.

이틀 후 그 친구는 또다시 돈을 빌려달라고 했다. 난감했다. 빌려주기 싫어서 빌려주지 않은 건 아니지만 괜스레 미안함은 쌓여갔다. 사흘 후 다시 찾아와, 서류봉투에서 몇 장의 서류를 꺼내 밀었다.

"도장이나 찍어 줘라."

"그게 뭐냐?"

"대출을 받아야 하는데 보증인이 필요하다."

친구의 표정과 말은 애원조였다. 두 번씩이나 거절하여 미안한 마음을 갖고 있던 터에 이마저도 거절할 수는 없었다. 어디서 얼마를 대출받는지 서류조차 살펴보지도 않고 흔쾌히 도장을 찍어 주었다.

그 후 매일 찾아오던 친구는 얼굴조차 보이지 않았다. 대리점은 부도가 났고 그는 잠적해 버렸다. 그 친구가 어디에 있는지 짐작조차 할 수 없었고, 대리점과 집 전화는 물론 휴대폰까지 정지되어 있었다. 아파트는 은행, 국세청, 보험회사와 본사로부터 근저당이 설정돼 있었고 압류가 되어 있었다.

마스코트 호돌이, 불타오르는 성화, 코리아나의 '손에 손잡고', 경기장에 울려 퍼지던 함성, 그런 즐겁고 흥겨운 올림픽이 끝나고 평온한 일상이 이어지고 있었다. 겉으로는 평온했으나 속은 늘 더부룩한 게 체한 것만 같았다. 일할 때도, 쉴 때도, 밥을 먹을 때도, 잠을 잘 때도 가시방석에 앉아 있는 것 같은 나날이었다. 그런 어느 날 웬 낯모르는 사람 두 명이 찾아왔다.

"보증 선 거 있으시죠? 대출받은 분이 잠적했으니 대신 갚아야 합니다."

사채업자였다. 그들의 말은 점잖았지만, 압박감이 느껴졌다.

"대출 금액이 얼마죠?"

얼마를 빌리는지조차 모르고 보증을 섰기에 금액부터 물었다.

"천팔백만 원입니다."

그만한 게 천만다행이란 생각이 들며 속으로 안도의 숨을 내쉬었다. 사채업자는 서류를 꺼내 들이대며, 이달 말까지 원금과 이자를 갚지 않으면 집이 경매에 들어갈 거라며 으름장을

맹물에 조약돌을 삶아 먹어도

놓았다.

그해 연말, 결국 터질 것이 터지고 말았다. 일에 매달려있는데 아내로부터 전화가 왔다. 아내는 겁을 먹은 듯 떨리는 목소리였다. 수원지방법원 직원 세 명이 실측 감정조사를 한다며 다짜고짜 집에 들어와 구석구석 줄자로 재고 사진도 찍어 갔다며, 도대체 무슨 일이냐고 다그쳤다. 변명은커녕 가장으로서의 체면이 말이 아니었다.

이어, 집달리가 들이닥쳐 냉장고, TV, 세탁기, 장롱 등에 빨간 딱지를 붙였다. 그 와중에 누군가 딱지를 보면 창피하다는 생각에, 잘 보이지 않도록 구석에 붙여달라고 사정했다. 집달리는 선심 쓰듯 뒤쪽에 붙여주었다.

뒤이어, '부동산 강제경매 개시 결정' 등기 우편물이 날아들었다. 경매로 집을 날릴 수는 없었다. 원금과 이자를 고스란히 변제하고 경매를 취하시키는 방법 외에는 뾰족한 수가 없었다. 그때 그만한 돈은 나에게는 무척 큰돈이었다. 그걸 마련하기 위해 이리저리 뛰던 생각을 하면 지금도 진땀이 난다.

결국 친구도 잃고 돈도 잃었다. 나에게 친구는 어떤 의미였고, 그 친구에게 나는 무엇이었을까? 그러나 친구와 돈만 떠나간 것이 아니다. 세월 또한 우리 곁을 떠나갔다. 이제는 그 일을 과거지사로 묻어버린 지 오래다. 그 친구의 진심에 이제 더는 연연해하지 않는다.

친구는 지금 어디서 무얼 하고 있을까? 그게 문득 궁금해질 뿐이다. 어느 날 크게 성공한 모습으로 "친구야, 그때 고마웠다."라며 불쑥 나타날 것만 같다. 그러면 나 또한 "어, 이게 누구야?" 하며 반갑게 맞으면 그만일 것 같다.

돈을 넘어, 세월을 넘어 그때 그 모습 그대로.

맹물에 조약돌을 삶아 먹어도

함께라서 참 좋다

오십 년!

어휴, 눈 한 번 깜박인 거 같은데, 햇수를 헤아려보니 50년의 세월이 흘렀다. 고등학교 시절 까까머리 풋풋한 모습은 온데간데없고 모두 호호백발 할아버지가 되었다. 하긴 천하의 진시황도 불로초를 구하지 못해 역사 속으로 사라졌거늘, 어느 누가 세월을 붙잡고 있으랴. '가는 세월 오는 백발'이라는데.

계곡을 가로지르는 출렁다리가 인기를 끌기 시작한 것은 2008년 봉화 청량산에 길이 90m의 하늘다리가 개통되면서부터이다. 원래의 목적은 등산객의 안전을 위해 만들었는데, 등산객보다 관광객이 더 몰리는 진풍경이 벌어졌다. 출렁이는 다리를 건너며 놀이기구 못지않은 짜릿한 전율을 즐기려는 사람들의 발길이 끊이지 않았다.

봉화군이 거둔 이 뜻밖의 수확을 눈여겨본 각 지자체는 저마다 관광객들을 유치하기 위해 경쟁적으로 출렁다리를 만들기 시작했다. 고만고만한 출렁다리가 우후죽순처럼 곳곳에 들어서

맹물에 조약돌을 삶아 먹어도

다, 2018년에 길이 200m의 출렁다리가 원주 소금산에 개통되었다. 이로써 소금산은 단숨에 국내 최장 출렁다리라는 영예를 차지했다.

이를 즐기려는 수많은 사람이 소금산으로 몰려들었다. 물 들어왔을 때 노 저으라 했던가. 흥행에 고무된 소금산 측은 벼랑길 잔도를 만들고, 전망대인 스카이타워를 세우고도 모자라 출렁다리를 하나 더 만들었다. 그 길이가 404m로 기존 출렁다리보다 두 배나 더 길고, 이름도 '울렁다리'라 붙였다. 아예 관광지로 탈바꿈하여 누구도 넘볼 수 없는 왕좌에 오른 것이다.

참으로 오랜만에 나들이에 나섰다. 고등학교를 졸업하고, 재경 동창 20여 명이 모임을 만들어 회포를 풀어온 지 어언 20여 년. 그러나 한동안 코로나 팬데믹으로 서로 얼굴도 못 보고 지냈다. 그러다 코로나 상황이 수그러들어 모처럼 자리를 함께했다. 그때 반가움에 겨운 한 친구가 "거리두기가 해제되었으니 바람이나 쐬러 가자"고 제안했다. 친구들은 이심전심으로 통했다.

소금산 탐방을 시작하려니 매표소에서 표 말고도 손목 띠를 하나씩 채워준다. 웬 뜬금없는 손목 띠일까. 고개를 갸웃거리며 578개의 계단을 올라 출렁다리 입구에 이르자 출입문이 길을 막아선다. 손목 띠에 인쇄된 바코드를 대자 문이 열린다. 출렁다리를 건넌 다음 또 손목 띠 체크를 해야 문을 나설 수 있다. 꼭 전철을 타고 내리는 것 같다. 출렁다리를 무임 통과하는 사람이 있어서일까, 아니면 도중에 흔적도 없이 사라지는 사람이 있어서일까?

출렁다리를 한 발 내딛자 '출~렁', 또 한 발 내딛자 또 '출~렁', '출렁~출렁' 내 가슴속까지 출렁인다. 다리 아래에는 소금산을 휘감아 돌아 섬강에 합류하는 삼산천이 흐른다. 숭숭 뚫린 바닥을 통해 삼산천이 그대로 내려다보인다. 그러나 긴 가뭄으로 누런 흙탕물만 고여 있을 뿐이다. 아찔하기는 하나 믿는 구석이 있어서인지 겁나지는 않는다. 부적과도 같은 손목 띠를 차고 있으니까.

문득, 에베레스트에 갔을 때 20여 개의 출렁다리를 건너던 기억이 머리에 스친다. 그 다리 위에서 발밑을 내려다보면 빙하가 녹은 우윳빛 색깔의 물이 바위에 부딪히며 하얀 물보라를 일으키고, '쏴아~' 하는 요란스러운 소리를 내며 흘러가는 게 보였다. 그 순간 아찔하고 현기증이 났다. 이러다 줄이 끊어지는 건 아닐까, 두려움에 앞만 보고 건너던 일이 지금도 생생하다.

모처럼 나들이에 나선 친구들은 누가 먼저라고 할 거 없이 학창 시절에 대한 이야기를 쏟아낸다. 사실 나는 어린 시절의 기억은 잘 떠오르지 않는다. 남들보다 기억력이 나빠서 그런 건 아닌지 모르겠다. 어느 친구는 초등학교 때, 몇 학년 몇 반 몇 번째 줄에 앉았는지, 또 누구와 짝꿍이었는지까지 기억하며 얘기를 한다. 쟤는 어떻고, 얘는 어떻고…. 선생님과 친구들의 이름은 물론 얼굴조차 도통 기억 못 하는 나는 그 친구의 얘기가 마냥 신기해 귀를 쫑긋 세우고 듣는다.

작은 나무판에 글자 한 자씩 써서 나무에 걸어놓은 글귀가 내 눈을 사로잡는다.

"함, 께, 라, 서, 참, 좋, 다."

그렇다. 친구들과 '함께라서 참 좋다'는 생각이 가슴에 벅차오른다. 함께 걷고, 함께 쉬고, 함께 느끼고, 흔들릴 때도 우린 함께 흔들렸다. '출~렁' 또 '출렁~출렁'

산벼랑을 따라 구불구불 선반처럼 달아낸 잔도를 따라 스카이타워에 선다. 조선 선조 때, 이조판서를 지낸 이희가 낙향 중에 이곳의 아름다운 풍광에 반하여 가던 길을 멈추고 머물렀다 하여 간현(艮峴)이라 이름하는 곳. 그곳이 한눈에 내려다보인다. 그런데 왠지 허전하기만 하다. 뭔가 2퍼센트 부족한 느낌, 그게 뭘까? 그렇다. 그건 삼산천에 물이 없어서이다. 물만 가득 흐른다면 멋진 풍광에 매료되어 탄성이 절로 나왔을 텐데, 아쉬움을 살짝 삼킨다.

마침내 울렁다리에 들어선다. 한 걸음 내딛자 '울~렁', 또 한 걸음 내딛자 또 '울~렁', '울렁~ 울렁' 내 가슴속까지 울렁인다. 좌우로 '출렁'이는 것을 뛰어넘어 사방으로 '울렁'인다. 바닥이 투명 유리여서 아래가 훤히 내려다보인다. 울렁임에 몸의 중심을 잡으며 앞으로 나아가느라 아찔함을 느낄 겨를조차 없다.

오가며 발걸음이 서로 엇갈릴 때 생길 수 있는 위험을 미연에 방지하기 위해서일까, 7km 전 구간이 일방통행이다. 그건 마음에 쏙 든다. 그런데 전 구간이 데크와 계단 길이고, 데크가 없는 곳엔 야자 매트가 깔려있다. 흙 한번 밟지 않는 게 아쉽고 또 아쉽다.

칠십 줄에 들어서면 걸음걸이가 시원찮은 사람들이 더러 있다. 친구 중에 행여 그런 친구가 있을까, 노파심에 눈여겨보니 모두 보무도 당당하다. 누가 이들을 칠십 노인이라고 할까.

돌아오는 길, 나무에 걸려있던 글귀가 머릿속에 맴돈다.

"함, 께, 라, 서, 참, 좋, 다."

친구여 잘 가시게

깜짝 놀랄 소식을 전해 들었다. 친구가 먼 길을 떠났다고 한다. 빈소에 이르니, 친구를 쏙 빼닮은 딸과 손녀가 조문객을 맞이하고 있다. 영정 사진 속 친구는 여전히 건강한 모습으로 부드러운 미소를 지으며 조문객을 바라본다. 친구와 눈이 마주치자, 가슴 한편이 찌르르 아려온다. 이승과 저승, 생과 사의 경계에서 하얀 국화꽃 한 송이 올리며 고별의 인사를 나눈다.

고인이 된 영정 사진 속 친구와 마주하니, 마치 타임머신을 타고 50여 년 전 까까머리 고등학교 시절로 되돌아간 것만 같다. 그때 친구는 중학교 일 년 선배였다. 우리보다 일 년 먼저 중학교를 졸업했으나 집이 가난하여 곧바로 진학하지 못하고, 이듬해 고등학교에 다니기 시작했다. 그러면서 우리의 인연이 시작되었다. 고등학교를 졸업하고 우리는 뿔뿔이 흩어져 제 갈 길을 갔다.

세월이 흐르고, 각자의 위치에서 기반을 잡고 살아가다 객지 생활의 고적감을 달래기 위해 모임이란 걸 만들었다. 그로부터

맹물에 조약돌을 삶아 먹어도

우리는 자주 만났고 끈끈한 정을 나누기 시작했다. 그제야 친구의 진면목을 제대로 볼 수 있었다.

"益者三友 損者三友, 友直 友諒 友多聞 益矣, 友便辟 友善柔 友便佞 損矣(익자삼우 손자삼우, 우직 우량 우다문 익의, 우편벽 우선유 우편녕 손의)"

이로운 벗 셋과 해로운 벗 셋이 있다. 정직한 벗 성실한 벗 견문이 많은 벗은 이로우며, 아첨하는 벗 줏대가 약한 벗 말만 잘하는 벗은 해롭다는 뜻이다.

일찍이 공자께서 하신 말씀으로 논어 계씨 편에 나와 있다. 사람은 이런 놈 저런 놈 별놈이 다 있으므로 친구를 사귀되 가려서 사귀라는 말씀이 아닐까 싶다. 그렇다면 고인이 된 친구는 어떤 친구였을까?

젊은 시절 친구는 혈색 좋은 얼굴에 투실투실한 몸집으로 소위 '사장님' 풍모를 지니고 있었다. 거기에 술과 담배는 물론 당구와 고스톱까지 못 하는 게 없는 팔방미인이기도 했다. 술을 마시거나 고스톱을 쳐보면 본 성격이 나온다고 한다. 친구는 알코올 도수가 낮은 맥주는 간이 안 맞고 배만 부르다며 '소맥'을 주로 마셨다. 몇 잔 마시면 취할 법도 한데, 아무리 마셔도 취하여 비틀거리거나 실없이 주절대며 술주정은 하지 않았다.

고스톱을 칠 때면 담배 한 개비 피워 물고 화투장을 쥐는 폼은 영락없는 타짜였다. 그러나 친구들을 상대로 잔재주를 부리거나 속임수는 쓰지 않았다. 오히려 절묘한 타이밍에 '쇼당'을 불러 다시 치도록 유도했고, '스톱'해야 할 때 '못 먹어도 고'라며 '고'를 하여 독박을 쓰기도 했다. 이 친구 무슨 배짱으로 그럴까, 알고 보니 자신의 이익보다는 친구 간의 의리를 우선한 거였다. 정말 속 깊고 정 많은 친구였다.

공인중개업을 하면서 정직과 성실이 몸에 배어서인지 매사 빈틈없이 일 처리를 하고 다방면에 걸쳐 해박했다. 과묵하면서도 느릿한 말투와 느긋하면서도 넉넉한 성품은 전형적인 충청도 양반이었다. 한마디로 말해 배울 게 많은 참 좋은 친구였던 것만큼은 틀림없다.

친구는 십 년 주기로 우리를 깜짝 놀라게 했다. 오십 대 초반일 때, 술과 담배를 끊고 기독교 신앙인이 되었다고 공표하여 우리를 깜짝 놀라게 했다. 해가 바뀔 때마다 금주와 금연을 하겠다고 큰소리치는 사람은 많고 많지만, 대부분 작심삼일로 끝나고는 한다. 그토록 끊기 힘든 술과 담배를, 그것도 입에 달고 살다시피 하다 단번에 해냈다는 것은 놀라움 그 자체였다. 왠지 예수님보다 부처님이 더 잘 어울린다고 생각되던 친구가 기독교인이 된 것도 놀라운 일이었다. 술과 담배를 끊으려고 신앙인이 되었는지, 신앙인이 되려고 술과 담배를 끊었는지는 알 수 없으나, 어쨌든 일거양득이 아닐 수 없다. 나 같은 사람은 감히 흉내낼 수조차 없는 초인적인 의지에 감탄이

맹물에 조약돌을 삶아 먹어도

저절로 나왔다.

　육십 대 초반이 되자, 대장암 진단을 받고 투병 중이라 하여 또 한 번 우리를 깜짝 놀라게 했다. 병원 입원실에서 만난 친구는 반쪽이 되다시피 홀쭉했고 안색은 핏기가 없이 해쓱했다. 그 와중에도 삶에 대한 열망 때문인지 눈빛만큼은 형형했다. 그 모습이 안타깝기도 하고 안쓰럽기도 했다. 혹독하고 엄중했을 시간을 잘 견뎌내고, 하루가 다르게 회복되는 모습을 보여줘 모두 한시름 놓을 수 있었다.

　그 후 십여 년의 세월이 또 흘러갔다. 칠십의 나이에 들어선 친구는 끝내 유명을 달리하여 우리를 깜짝 놀라게 했다. 당나라 시성 두보가 말한 '인생칠십고래희(人生七十古來稀)'는 이미 옛말이 되었고, 백 세 시대가 열렸는데 아마도 친구는 그걸 모르고 있었나 보다. 그러니 서둘러 먼 길을 떠나지.

　그나저나 앞으로 십여 년의 세월이 또 흘러가면 무엇으로 우리를 놀라게 할까? 혹시 알아? 독실한 기독교 신앙인이므로 부활이라도 하여 우리를 깜짝 놀라게 하는 것은 아닌지.

　죽음은 우리 모두의 숙명이다. 장생불사를 꿈꾼 진시황도, 역발산기개세 항우도 피하지 못한 게 죽음이 아니던가. 부모님들의 부음 소식이 더 이상 들려오지 않더니, 이제 친구들의 부고가 날아오기 시작한다. 이제 우리들의 차례가 된 모양이다.

　친구를 떠나보내며, 고인이 가족들과 행복했던 순간을 기록한 사진들을 하나하나 눈에 담는다.

친구여! 잘 가시게.

맹물에 조약돌을 삶아 먹어도

3부

세월의 속도

어쩔 수 없지 않은가

"치매에 걸린 노부인이 유일하게 기억하는 건 그의 아들이었다. 누구도 알아보지 못했으나 대머리인 아들만은 알아봤다. 아들은 그런 어머니를 위해 수시로 자기의 대머리를 만지게 해드렸다."

언젠가 신문에서 읽은 일본 어느 만화가의 얘기이다. 나는 그 정경을 상상하며 빙그레 웃음 지었다.

어느 날, 향우회에 갔다. 모임 장소에 이르니, 이미 와있던 친한 향우가 손을 흔들며 반가워한다.

"어이, 대머리. 어서 와. 그나저나 지붕 개량은 언제 할 거야?"

향우는 친밀감의 표시로 나를 대머리라고 불렀고 어쩌고저쩌고하면서 농담했으나, 스스럼없는 향우이기에 고깝게 듣지는 않았다. 그러나 '대머리'라는 말은 머리카락이 없는 내가 제일 듣기 싫어하는 말이다. 그건 아마 나뿐이 아닐 것이다. 많은 사람이 지붕 개량 즉 모발 이식을 하거나 가발을 쓰는 것도 그 말을 듣기 싫어서일 것이다. 베트남 '국민 영웅'인 박항서 축구 감

독도 마찬가지이다. 그에겐 이런 에피소드가 있다.

그의 나이 사십 대 초반일 때, 히딩크가 이끌던 월드컵대표팀 코치를 맡고 있었다. 그때 밥을 먹으러 식당에 갔는데, 누군가 '보름달 코치'라고 그의 별명을 얘기했다. 그 얘기에 화기애애한 분위기는 일순에 어색해졌다. 물론 '보름달' 얘기를 한 사람은 웃자고 한 말이다. 그러나 다른 사람은 웃을 수 있겠지만 당사자는 듣기에 거북할 수밖에 없다. 마음 넓은 이웃집 아저씨 같은 박항서 감독조차 머리카락 얘기만큼은 싫어했다.

친한 향우가 웃자고 한 말인 줄 뻔히 알면서 싫다는 내색을 보일 수는 없는 일이다. 농엔 농으로 대하는 수밖에.

"놀리지 마라. 대머리라 좋은 점두 있어."

"좋긴 뭐가 좋아?"

"매일 머리를 감아두 샴푸 쓰는 일이 거의 읎어. 시수허다가 이마 위쪽으루 약간만 비누칠을 더 허면 뎌. 머리 말리기두 쉬워. 드라이 헐 필요두 읎구. 머리빗도 필요 읎어."

얘기를 하다 보니 문득 다산 정약용의 시 '노인일쾌사(老人一快事)' 한 구절이 떠오른다. 다산은 머리카락 없는 즐거움을 이같이 말했다.

"既無櫛沐勞 亦免衰白恥. (기무즐목로 역면쇠백치.)"

머리 감고 빗질하는 수고로움이 없으며 늙은이 백발의 부끄러움 또한 면했다.

이야기가 재미있게 흘러가자, 옆에 앉아있던 다른 향우도 끼어들었다.

"요즘은 젊은 애들두 대머리가 많은디, 나이두 들어 뵈구 결혼허기두 쉽지 않을 껴."

"그건 그려. 그런디 유럽 여성들은 대머리 남성을 더 신뢰허구 좋아헌다구 허드라. 굉장히 지적이구, 경제력두 있구, 사회적 지위두 높구, 정직허다는 인상을 준댜. 진즉 유럽으루 이민이나 갈걸 그랬나벼."

사실 사람 외모에서 헤어스타일이 차지하는 비중이 매우 크다. 머리카락이 없으면 나이도 들어 뵈고 아무리 잘 차려입어도 맵시가 나지 않는다. 외모를 중시하는 시대여서 미혼 여성들이 대머리 남성을 꺼린다는데, 나는 그나마 총각 때 대머리가 아니어서 장가라도 갔으니, 다행으로 여겨야 할까 싶다.

내 머리가 민숭민숭하게 된 것은 오십 대 초반이다. 그전에는 비를 맞아도 빗물이 머리카락 속으로 들어가지 않을 정도로 숱이 많았다. 그토록 숱이 많았던 머리카락이 사십 대 중반에 이르자 조금씩 빠지기 시작했다. 자고 일어나면 베게 근처에, 머리를 감으면 세면대와 비누에 빠진 머리카락이 시커멓게 들러붙어 있었다. 그게 하루하루 거듭되더니 결국 요 모양 요 꼴이 되었다.

머리카락이 빠졌다고 일상에 큰 불편이 있는 것은 아니다. 명이 줄어드는 것도 아니고 신체 기능에 심각한 문제를 야기하는 것도 아니다. 그러나 고역스러운 점은 있다. 한여름 뙤약볕이 쨍쨍 내리쬐면 머리가 벗겨질 듯 따끔따끔하다. 한파가 몰아치면 또 어떤가. 머릿속까지 얼어붙는 듯 시리다.

그 정도는 그래도 참을 만하다. 정말 고역스러운 것은 따로 있다. 그건 거울을 볼 때와 사진을 찍을 때이다. 거울 속에 비친 내 얼굴이, 사진 속의 내 모습이 낯선 사람을 보는 듯 생소하게 느껴진다. 그게 거북해 웬만해서는 거울을 보지 않고 사진도 찍지 않는다.

한 가지 재미있는 것은 내가 대머리라는 사실을 모르는 사람이 더러 있다는 것이다. 나는 취미 활동을 할 때, 특히 등산할 때는 모자를 꼭 쓴다. 대머리를 감추기 위해서가 아니라 머리를 보호하기 위해서이다. 모자를 쓰지 않으면 나뭇가지에 찔리고 긁혀 상처투성이가 된다. 등산을 마치고 집에 돌아올 때까지 모자를 벗는 일은 거의 없다. 그러다 보니 함께 산행하는 사람들조차 내가 대머리인 줄 모르는 사람이 많다.

예전과 달리 어디서나 대머리는 쉽게 볼 수 있다. 어느 모임에 가도 대머리는 꼭 있다. 대머리여서 남에게 피해를 준 일은 손톱만큼도 없다. 대머리를 남에게 전염시킨 일도 없다. 부끄러워할 일도, 감춰야 할 일도 아니다. 그렇다고 죄를 지은 것은 더욱 아니다.

사진을 찍지 않는 남자, 거울을 보지 않는 남자로 살아왔고 또 그렇게 살아가야겠다. 지금 모습 그대로. 어쩔 수 없지 않은가.

맹물에 조약돌을 삶아 먹어도

내 진짜 모습은

나의 일과는 면도로부터 시작된다. 하루라도 면도하지 않으면 삐죽삐죽 자란 수염이 얼굴을 뒤덮는다. 그것도 허옇게 센 수염이 올라와 상늙은이를 방불케 한다. 그게 보기 싫어 아무리 귀찮아도 자고 일어나면 면도부터 한다.

'수염' 하면 떠오르는 사람이 누구인가? 나는 삼국지에 나오는 관운장이 떠오른다. 9척 장신에 2자 수염을 휘날리며 적토마를 타고 청룡언월도를 휘두르는 관운장. 관운장은 수염이 아름답다고 하여 미염공(美髯公)으로도 불렸는데, 거기에는 이런 사연이 있다.

"하비성에서 조조에게 항거하던 관우는 유비 가솔의 안전을 위해 일시 투항했다. 조조는 관우에게 '추위에 수염이 상하지 않도록 주머니에 넣어두면 좋겠다.'라며 수염 주머니를 선물했다. 조조가 관우를 데리고 입궐하자, 헌제는 관우의 가슴에 달린 비단 주머니를 보고 그게 뭐냐고 물었다. 관우는 주머니를 풀어 수염을 보여주었다. 헌제는 허리춤까지 닿은 수염을 보고 감탄

맹물에 조약돌을 삶아 먹어도

하며 '실로 아름다운 수염이다. 그대야말로 미염공이다.'라고 했다."

　나는 수염을 길러봤자 관운장 근처도 가지 못한다. 그럼에도 불구하고 평생 수염을 두 번이나 길러봤다. 처음 수염을 길렀을 때는 60대 중반, 에베레스트에 16일간 등반을 갔을 때이다. 어딜 가든 면도기만 챙겨 가면 매끄러운 얼굴을 유지할 수 있다. 그래서 등반을 가면서도 면도기만큼은 꼭 챙겨갔다. 그러나 등반이 시작되자 사정이 달라졌다. 면도하고 싶어도 할 수가 없었다.

　첫날에는 벌거숭이 얼굴에 삐죽삐죽 올라온 털이 얼굴을 덮기 시작하는데, 내가 봐도 지저분했다. 젊어서는 수염이 검어서 보기 좋았는데 허옇게 세고부터는 조금만 자라도 구저분하게 보였다. 눈 딱 감고 닷새가 지나자 수북하게 자라 그럴듯하게 수염의 틀이 잡혔다. 열흘 정도 지나자 흠잡을 데 없이 완벽한 수염이 되었다. 등반을 마치고 롯지에 돌아와 거울 앞에 섰다. 어! 이게 누구야? 거울에 비친 내 모습을 내가 보고 깜짝 놀랐다. 등반 전에는 분명 60대 아저씨였는데 70대 할아버지로 바뀌어있었다.

　등반을 마치고 수염을 기른 채 집에 돌아가니 모두 깜짝 놀란다. 수염이 자란 모습을 사진으로 본 사람들도 모두 '와!'하며 계속 기르라고 한다. 다섯 살짜리 손자는 할아버지를 영상으로 보

고 "산타할아버지 같아요."라며 싱글벙글댄다. 평소에 면도를
해도 한나절만 지나면 수염이 까끌까끌하게 올라온다. 그런 내
얼굴을 손으로 만지며 신기해하던 손자이다. 빨리 깎으라고 성
화대는 사람은 딱 한 사람, 아내뿐이다.

"으이구 증말, 꼴 뵈기 싫어. 당장 깎아요."

두 번째는 킬리만자로에 갔을 때이다. 그땐 12일 동안 면도를
하지 않았다. 어차피 면도를 하지 못할 텐데 이럴 때 길러보지
언제 길러봐, 라는 생각으로 아예 면도기를 가지고 가지 않았
다. 수염이 자란 내 모습을 보면 사람들의 시선이 내 얼굴을 훑
는다. 그러고는 금세 얘깃거리가 되었다.

"앞으로 면도하지 마세요. 부러워요."

"부럽긴요. 지저분하잖아요."

"그렇지 않아요. 솔직히 어떤 느낌인지 아세요?"

"글쎄요. 쪽박만 차면 영락없는 비렁뱅이가 아닐까요?"

"아뇨. 인자한 할아버지 같아요."

"정말요? 그럼, 그대로 둘까요? 하하~."

요즘에는 언제 어디서든 간편하게 전기면도기로 면도를 하지
만 예전에는 면도칼로 깎았다. 뜨거운 수건을 얼굴에 올려 수염
을 부드럽게 만든 다음 비누 거품을 내어 얼굴에 찍어 바르고
깎았다. 대충하다가는 면도날에 베여 피가 나고 반창고를 붙이

맹물에 조약돌을 삶아 먹어도

기 일쑤였다. 면도 독이 올라 얼굴이 울긋불긋 달아오르고 땀이 나면 쓰리고 가려웠다.

우리집 사람들은 하나같이 수염이 많다. 아버지도 나도 내 아들도 수염이 많다. 아버지의 코밑 팔자수염은 감히 범접할 수 없는 위엄이 서려 있다. 수염이 많은 것은 집안 내력인 듯하다. 그렇다면 훗날 어린 손자도 수염이 많이 나지 않을까 싶다. 수염이 난 손자, 생각만 해도 웃음이 나온다.

거울 앞에 선다. 내 모습을 내가 보고 계속 기를까 말까 고민한다. 기른다고 해도 관운장처럼 아름다운 수염이 되기는 글렀다. 어쩌면 꾀죄죄한 이 모습이 내 진짜 모습이 아닐까, 잠시 망설인다.

용기를 내어 벌거숭이 얼굴로 돌아간다.

잠시도 내버려둘 수 없으니

맹물에 조약돌을 삶아 먹어도

유전성 질병은 가족력을 살펴보면 어느 정도 예측할 수 있다고 한다. 나의 가족력은 모계 쪽에, 외할아버지는 물론 외삼촌과 외사촌까지 모두 당뇨병이 있다. 어머니는 당뇨병으로 오랫동안 고생하셨고, 합병증으로 돌아가셨다. 그렇다면….

내 나이 환갑이던 해, 국민건강보험공단에서 시행하는 건강검진을 받았다. 당뇨병이 의심된다고 하여 재검을 받고, 그 결과를 확인하기 위해 의사와 마주 앉았다.

"공복 혈당치 153, 당화혈색소 6.7%, 당뇨병입니다."

이거야 원, 결국 올 것이 오고야 말았다. 예상은 하고 있었지만, 허탈감이 밀려들어 옴짝달싹할 수 없었다.

내 일상을 복기해봤다. 밤 10시에 퇴근하고 헬스클럽에서 운동하거나 사우나를 하고 집에 들어가면 밤 12시가 넘었다. 저녁을 먹은 지 오래여서 배가 고팠고, 배가 고파 잠이 오지 않았다. 무엇이든 먹어 배를 채워야만 했다. 그리고는 바로 누워 잤다. 내 깐에는 매일 운동이나 사우나로 땀을 빼고 매주 등산을 하기에 당뇨병하고는 거리가 멀다고 생각했다. 가만 생각해 보니 그게 문제였다. 당뇨병에 걸리지 않을 수 없는 일상이었다.

의사는 약을 먹지 않고 무작정 버티면 합병증이 오니 약을 당장 먹으라고 한다. 그러나 약을 먹는다고 당뇨병이 치료되는 것은 아니고 평생 관리해야 하는 병이어서 선뜻 약을 먹기가 꺼려졌다. 의사를 설득했다.

"당분간 최선을 다해보고 그래도 안 되면 약을 먹겠습니다."

3개월 후 다시 검사를 받고 그 결과에 따르기로 했다. 이때부터 어떻게든 당뇨병을 되돌려보려고 안간힘을 썼다.

혈당 체크 기구부터 구입했다. 매일 새벽 공복 시와 아침, 점심, 저녁 식후 2시간에 혈당 체크를 했다. 탄수화물 섭취를 줄이기 위해 흰 쌀밥을 잡곡밥으로 바꿨다. 빵이나 국수 등 밀가루 음식, 떡, 과일은 일절 먹지 않았다. 하루에 대여섯 잔씩 즐겨 마시던 믹스커피도 끊었다. 잠자기 전에 음식 먹는 것도 중단했다. 처음에는 배가 고파 잠을 이루기 어려웠으나, 시간이 흐르며 적응되어 갔다.

혈당 체크를 하면 뭘 먹고 싶다는 생각이 싹 달아났다. 먹는 양과 음식의 종류에 따라 혈당치가 들쑥날쑥하니, 먹는 것에 극도로 예민해질 수밖에 없었다. 제과점에서 흘러나오는 고소한 빵 냄새, 과일가게에서 풍기는 향긋한 과일 냄새에 나도 모르게 콧구멍이 벌름거렸다. 분식집 앞을 지나며 라면 끓이는 냄새만 맡아도, 잘 익은 열무김치에 국수를 비벼 먹는 생각만 해도 '꼴깍' 군침을 삼켰다. 아무리 배가 고파도, 아무리 맛있는 음식이 눈앞에 있어도 먹을 수 없었다. 그야말로 그림의 떡에 불과했다.

그러다 보니 혈당치는 서서히 안정되어 갔으나 체중이 줄어드는 것이 문제였다. 심각했다. 당뇨 확진 시 체중이 73kg이었는데, 5개월 만에 11kg이 급격히 줄어들었다. 체중이 빠지니 누가 봐도 왜소하게 보였다. 얼굴 볼 주름도 깊어만 갔다. 옷이란 옷은 맞는 것이 없었다. 옷을 입고 거울에 비춰보면 헐렁한 게 꼭 남의 옷을 빌려 입은 듯했다. 만나는 사람들로부터 어디 아프지는 않냐, 왜 그렇게 말랐느냐, 일부러 살을 뺐느냐, 라는 말을 수없이 들어야만 했다.

미련하다 할 만큼 죽기 살기로 관리한 결과를 수치가 말해줬다. 확진 시 153이던 공복 혈당치가 95로, 6.7%이던 당화혈색소는 6.0%로 떨어졌다. 수치로 보면 당뇨 전 단계에 해당되었다.

의사는 약을 먹을 단계가 아니라며 처방해 주지 않았다. 나는 마른 게 너무 싫어 약을 처방해 달라고 하소연했다. 의사는 약을 먹지 말라는데 환자인 나는 약을 먹겠다고 하니, 의사와 환자가 뒤바뀐 것 같았다.

"체중이 자꾸만 빠져서 그럽니다. 약을 먹고 그 대신 음식을 조금 더 먹으면 어떨까요."

"저체중이 아닙니다. 이대로만 관리하세요."

약을 처방해 주지 않는 의사가 야속했다. 그런데 문제가 생겼다. 고산 등반을 하러 해외에 나가면 혈당치가 치솟았다. 해외에서는 음식을 가릴 수도 없고, 사실상 관리할 방법이 없었다.

체중은 점점 줄어 확진 4년 만에 60.0kg까지 내려갔다. 당뇨는 관리가 되는데 체중이 자꾸만 줄어드는 게 정말 싫었다. 이러다 60kg 아래로 내려가는 건 아닌지, 그걸 내 눈으로 볼까 봐 체중계 위에 올라서기가 두려웠다. 그래서 먹는 걸 조금 늘렸더니 당화혈색소가 치솟았다.

때는 이때다 싶어, 의사에게 약을 달라고 졸랐다. 의사는 그제야 약을 처방해 주었다. 약을 먹으며 먹는 양을 조금 늘렸더니 더 이상 체중이 줄어들지 않았다. 그렇다고 먹고 싶은 만큼 마음껏 먹을 수는 없었다. '먹고 죽은 귀신이 때깔도 곱다'는데.

당뇨병과 함께 살아가기 위해서는 약물 요법, 식이 요법, 운동 요법, 이 세 가지는 어느 것 하나 소홀히 할 수가 없다. 음식의 유혹에 넘어가지 않아야 하고, 뭘 먹으면 먹은 만큼 몸을 움직여줘야만 한다. 하다못해 방안에서 제자리 걷기라도 해야 한다. 그런데 그게 말이 쉽지, 실천이 쉽지는 않다.

잠시도 몸을 편하게 내버려둘 수가 없으니, 이것 참!

맹물에 조약돌을 삶아 먹어도

예전에 고르던 축복

영하의 차가운 겨울바람이 옷 속을 파고들면 거리를 오가는 사람들은 어깨를 잔뜩 움츠린 채 종종걸음을 친다. 안경 쓴 사람이 버스나 전철에 올라서면 안경에 김이 서려 앞이 잘 보이지 않아 쩔쩔맨다. 흔히 볼 수 있는 겨울 풍경 중의 하나이다.

겨울만 되면 유독 안경 쓰는 게 불편하다고 투덜대던 경태. 추운 겨울 어느 날, 추위에 움츠러들어 뻐근한 어깨에 배낭을 메고 경태와 함께 관악산에 갔다. 자운암 능선 바위 지대를 오르다 뜻밖의 작은 사고가 일어났다. 경태가 미끄덩하며 몸의 중심이 흐트러졌고, 중심을 잡으려 허둥대다 그만 안경을 바닥에 떨어뜨리고 말았다. '아차'하는 순간 떨어진 안경은 발에 밟혀 산산조각이 났다.

큰 사고로 이어지지 않은 게 천만다행이지만, 안경 없는 경태는 눈뜬장님이나 다름없었다. 더 이상 오르는 것은 무리여서 발길을 되돌렸는데, 눈에 뵈는 게 없는 경태는 긴장한 채 엉금엉금 기다시피 내려오느라 땀을 뻘뻘 흘려 물에 빠진 생쥐 꼴이

맹물에 조약돌을 삶아 먹어도

되고 말았다.

경태와는 사회 초년 시절 직장 입사 동기여서 누구보다 가깝게 지내는 사이이다. 곱슬머리인 그는 늘 두꺼운 검정 뿔테안경을 쓰고 다닌다. 안경 렌즈도 매우 두꺼워 테 밖으로 절반 이상이 툭 튀어나와 있다. 안경을 통해 보이는 그의 눈은 콩알만큼 작다. 조금 보태어 말하면, 안구가 단춧구멍만 하게 보인다. 안경 없이는 상점의 간판을 읽지 못하고 조금만 떨어져도 누가 누군지 구분조차 하지 못한다. 얼마나 눈이 나쁜지 군대까지 면제받았다.

하여간 경태에게 안경은 떼려야 뗄 수 없는 존재이다. 안경을 쓰지 않으면 이런저런 오해를 받거나, 때론 봉변을 당하기도 한다. 회사에 갓 입사했을 때, 어찌 된 일인지 안경을 쓰지 않은 경태와 함께 퇴근길에 버스를 기다리고 있었다. 그때 저만치에서 누군가가 다가오며 아는 체를 했다. 경태는 그가 누구인지 눈을 있는 대로 찌푸리고 바라봤다. 가까이 온 사람은 직장 선배였다. 선배는 다짜고짜 화를 냈다.

"이봐, 기분 나쁘게 왜 째려봐. 내가 네 똘마니로 뵈냐?"

그뿐이 아니다. 경태는 출근길에 회사 앞에서 3과장을 알아보지 못해 인사를 하지 못했다. 괘씸하다고 생각한 3과장은 직속 상관인 4과장에게 한마디 했다.

"경태라는 놈이 인사도 하지 않는다. 싸가지가 없다."

경태는 졸지에 '싸가지 없는 놈'이 되고 말았다.

그런가 하면, 혼자 웃게 만드는 추억도 있다. 옆 사무실 경리
과에 근무하는 여직원을 나는 남몰래 좋아했다. 뛰어나게 예쁜
얼굴은 아니지만, 영화 '사운드 오브 뮤직'에 가정교사로 나오는
줄리 앤드류스의 발랄하고 순수한 모습과 겹쳐 보이는 단발머
리 그녀. 거기에 두꺼운 안경을 쓴 모습이 어찌나 지적이고 귀
엽던지 나는 그녀에게서 눈을 뗄 수조차 없었다. 그러나 숫기
없는 나는 끝내 말 한마디 건네 보지 못했다. 그때를 생각하면
나도 모르게 미소 짓게 된다.

예전에는 안경이 흔치 않았다. 아무나 쓰는 게 아니라는 생각
때문인지 여자가 안경을 쓰면 별나게 봤다. 그 시절 안경 쓴 여
자는 이른 아침에 택시조차 잡을 수 없었다. 첫 손님으로 안경
쓴 여자를 태우면 하루 종일 재수가 없다는 속설에, 택시 기사
들은 안경 쓴 여자는 태우지 않고 지나쳤다. 택시를 타기 위해
안경을 벗어 주머니에 넣고 택시를 잡아타고, 택시에서 내려 안
경을 다시 썼다는 웃지 못할 얘기를 적잖이 듣기도 했다.

이제 안경은 누구나 쓰는 생활필수품이 되었다. 안경이 경태
처럼 몸의 일부가 된 사람도 있고, 드물게는 멋을 내거나 개성
을 살리기 위해 쓰는 사람도 있다. 안경을 쓰지 않는 것이 불문
율이던 여성 아나운서와 스튜어디스가 안경을 쓴 채 뉴스를 진
행하거나 서비스하는 모습을 심심치 않게 볼 수 있다. 안경 미
남으로 알려진 유재석과 김성주가 만약 안경을 쓰지 않으면 어

맹물에 조약돌을 삶아 먹어도

떠할까? 길에서 마주쳐도 알아볼 수나 있을지 모르겠다.

　내가 경태보다 유일하게 나은 점은 시력이었다. 무엇이든 아무리 멀리 있어도 또렷하게 볼 수 있었으니 그 한 가지만큼은 내가 나았다. 그래서 나만큼은 평생 안경과 관련이 없는 줄 알았다. 그런데 그게 아니었다. 40대 후반에 이르자 노안(老眼)이 시작되었다. 책이나 신문을 읽으려면 눈을 찌푸려 초점을 맞춰야만 했다. 눈이 피곤해 오래 읽을 수도 없었다. 어쩔 수 없이 돋보기안경을 써야만 했다.

　이제는 안경 없이는 글 한 줄 읽지도 쓰지도 못한다. 나이가 들면서 눈이 침침해지는 것은 자질구레한 것은 보지 말고 꼭 필요한 큰 것만 보라는 뜻이라는데, 어느 땐 답답해 속이 터질 지경이다.

　그 흔한 안경을 나 또한 쓰게 되니, 머리로만 이해하던 안경의 효용을 가슴으로 느끼게 되었다. 이 세상에 안경이 없었더라면 어쩔 뻔했을까? 나 같은 사람은 노년에 이르러 읽고 쓰는 것은 물론 사람 구실도 못 했을 것이다. 경태같이 타고난 시력이 좋지 않은 사람들은 말해 무엇하랴.

　안경을 쓰고 밝고 또렷한 세상을 바라볼 수 있다는 것, 그건 분명 축복이다. 멀쩡한 맨눈으로 세상을 보던 때는 모르던 감사가 마음에 넘친다.

어찌 이리 다를까

맹물에 조약돌을 삶아 먹어도

만 네 살인 손자는 이따금 할아버지가 보고 싶다며 전화를 한다. 그때마다 나는 손주들의 귀여운 모습을 영상으로 대하곤 한다.

"할아버지 어디 계세요?"

"지금 산에 왔는데."

"산 좀 보여주세요."

스마트폰으로 나무, 바위 등 여기저기 비춰주었다. 손녀도 손자와 교대로 영상에 나와 생글대며 재롱을 피운다.

엊그제가 손녀의 돌이다. 돌날의 하이라이트는 뭐니 뭐니 해도 돌잡이. 무엇을 잡느냐에 따라 앞으로 어떤 일을 하는 사람이 될지 점쳐보는 재미도 있지 않은가. 손자는 아나운서가 되려는지 마이크를 잡았었다. 손녀는 무엇을 잡을까? 가족들의 시선이 손녀의 앙증맞은 손에 집중된다.

이게 뭔가 싶어 눈망울을 똘망똘망 굴리며 잠시 망설이던 손녀는, 의사봉을 덥석 집어 든다. 판사가 되고 싶은 걸까? 판결문을 낭독하고 의사봉을 '땅! 땅! 땅!' 두드리는 모습이 보이는 듯하다. 하지만 판사가 되면 어떻고 안 되면 또 어떠랴. 행복하게 살아가면 그것으로 충분하거늘.

손녀가 태어났을 때, 제일 큰 인생의 변화를 겪은 사람은 아마 손자였을 것이다. 제 엄마가 동생을 안고 있으면, 오빠는 동생에게 엄마를 통째로 빼앗겼다고 생각하는지 자기도 안아달라고 떼를 쓰며 울었다. 오빠를 안으면 동생이, 동생을 안으면 오빠가, 어느 땐 서로 안아달라고 쌍으로 울어댔다.

그러던 손자가 이제는 동생을 예뻐할 줄도 알고 데리고 놀기도 한다. 어린이집에 가면 친구들에게 오빠 되었다고 자랑까지 한다. 동생은 그런 오빠의 목소리만 들어도 좋아한다. 때론 귀찮게 해도, 부딪치고 넘어져도 방긋대며 좋아한다. 동생이 없었으면 오빠가, 오빠가 없었으면 동생이 외로울 뻔했다.

손자는 장난감 중 자동차를 유난히 좋아했다. 차만 지나가면 그걸 보느라 울다가도 뚝 그쳤다. 바퀴 돌아가는 것이 신기해 고개를 외로 빼고 바퀴 굴러가는 것만 바라봤다. 바퀴 있는 것은 뭐든 좋아해, 청소기를 가지고 놀기도 했다. 그러다 자동차가 공룡으로 바뀌었고, 공룡 이름을 잘 모르는 할아버지에게 이건 무슨 공룡이고 저건 무슨 공룡이라며 할아버지를 가르쳐주며 으스대기도 했다.

요즘은 또 동물과 곤충을 좋아한다. 얼마나 좋아하는지 제사

맹물에 조약돌을 삶아 먹어도

상에 올라와 있는 북어를 보고 그걸 달라고 졸라댈 정도이다.

"와, 이렇게 큰 물고기는 처음 봐요. 나 주세요."

어쩌나 보려고 북어를 내주었더니, 제 집에 가지고 가서 장난감 통에 고이 모셔놓았다. 아이들은 커가면서 좋아하는 것이 달라진다고 하는데, 요 녀석 다음엔 뭐를 좋아할까?

손녀는 아직 좋아하는 것이 없다. 좀 더 커야 좋아하는 것이 생기겠지만, 여자애라서 인형을 좋아할까, 아니면 오빠처럼 자동차를 좋아할까? 지금은 뭐든지 손에 잡히는 대로 입으로 가져간다. 혹시나 하고 스펀지 공을 사줬더니 역시나 순식간에 물어뜯었다. 돌도 안 된 아기가 먹을 것과 못 먹을 것을 어떻게 구분하는지, 삼키지 않고 오물거리며 뱉어냈다.

손자는 군살 하나 없이 호리호리하다. 또래의 다른 아이들보다 체중은 조금 덜 나가지만 키는 비슷하다. 서너 스푼 먹으면 엉뚱한 짓을 하며 요리조리 빠져나갈 궁리만 한다. 한술이라도 더 먹이려고 밥숟가락을 들고 한바탕 전투를 벌여야 한다. 밥은 조금 먹고 뛰어놀기만 하니 살이 찔 틈이 없다. 잠자는 시간 외에는 잠시도 가만있지 않는다. 뛰고 또 뛴다. 얼마나 뛰기를 좋아하는지, 만 네 살이 되자마자 태권도장에 다닌다. 태권도가 뭔지 알고 다니는 게 아니라, 형들과 뛰어노는 게 재밌어서이다. 그러다 졸리면 거기서 잠을 자다 오기도 한다.

손녀는 오빠와는 완전히 다르다. 빨리 크고 싶어서인지 무엇이든 가리는 게 없이 잘 먹는다. 젖먹이 때는 모유로는 성에 차지 않아 분유를 타 줘야 할 정도였다. 숟가락을 오른손에 쥐고 밥을 받아먹는 모습은 참으로 복스럽다. 어쩌나 찡얼대는 것도 "엄마, 배고파요."라는 신호이다. 너무 많이 먹는 건 아닌가 싶어 오히려 걱정되기도 한다. 잘 먹어서 그런지 크는 것도 빠르다. 2.4kg의 작은 아기로 태어나 언제 클까 싶었지만, 한 달에 1kg씩 쑥쑥 늘어 백일 무렵에는 배가 볼록하고 볼에 살이 통통하게 올랐다. 돌이 되자 '콩, 콩, 콩' 뛰다시피 걸어 다닌다.

손녀는 먹고 나면 혼자서도 뒹굴뒹굴 잘 논다. 울며 보채는 경우가 거의 없으며, 낯도 가리지 않고 눈만 마주쳐도 방긋댄다. 할머니는 손녀가 순둥이라며, 손자 하나 키우는 것보다 손녀 둘을 키우는 게 훨씬 쉬울 거라고 한다.

돌이켜보면 손자는 손녀와는 완전히 다르게 참 손이 많이 가는 아이였다. 돌 무렵까지 낯을 가려 제 엄마 '껌딱지'였으니, 엄마가 보이지 않으면 빽빽거리며 울어대어 눈길을 뗄 수조차 없었다. 그런 손자와 친해지려고 안아주고 어르고 달래고 눈높이에서 놀아줘야만 했다. 존재감으로 치면 단연 금메달이다.

한 뱃속에서 나왔건만 어찌 이리 커가는 모습이 다를까? 하긴 한날한시에 태어난 쌍둥이도 서로 다르다는데, 하물며 남매간이야. 같은 점이 있다면, 팔을 벌려 부르면 품 안에 쏙 들어와 안긴다는 것. 그 모습이 얼마나 귀엽고 사랑스러운지 근심 걱정이

맹물에 조약돌을 삶아 먹어도

다 사라진다.

말귀를 알아들을 정도로 자라면 놀려줘야겠다.

"둘 중 하나는 다리 밑에서 주워 왔는데, 그게 누굴까?"

세월의 속도

맹물에 조약돌을 삶아 먹어도

세월의 속도가 참으로 빠르다. 안 그래도 나이가 들면서 온몸으로 세월의 빠름을 느끼고는 하는데, 손주들을 보면 그 속도가 몇 배나 더 빠르게 흘러가는 것만 같다. 세월이 빠른 건지, 손주들이 빨리 크는지….

며늘아기로부터 사진 한 장이 카톡으로 날아왔다. 어! 이게 뭐야? 잘못 봤나 싶어 몇 번이나 읽어봐도 손자의 취학통지서가 틀림없다. 손바닥만 하게 작은 아이로 태어나 호기심 가득한 눈을 반짝이던 때가 엊그제만 같은데, 어느새 자라 초등학교에 들어간다는 말이 아닌가. 실로 감개무량하게 가슴속에서 끓어오른다.

내가 보기엔 '어느새'이지만 이미 자신에겐 길고 긴 인생의 여정이었는지 모른다. 말을 하고, 아장아장 걷기를 시작한 뒤로, 관심을 가졌던 대상만 해도 이미 여러 번 바뀌었다. 자동차에 푹 빠져 지내다가 공룡으로, 공룡에서 동물이나 곤충으로 차례차례 바뀌었다. 그러다 이젠 웬만한 장난감은 거들떠보지도 않는다. 동생과 장난감을 두고 다투지도 않고, 장난감보다는 동화책을 더 좋아한다.

그런 어느 날 손자는 할아버지인 나에게 대뜸, 경주에 신라가 생긴 지 천 년이 넘었는데 마추픽추는 생긴 지 몇 년이 되었냐고 묻는다. 어라, 요 녀석, 신라는 어떻게 알고 마추픽추는 또 어떻게 알까? 커서 고고학자가 되고 싶은 걸까? 나는 깜짝 놀랄 수밖에 없었고, 진지한 물음에 당황하지 않을 수 없었다. 즉답을 못 하고 머뭇거리고 있으려니, 인터넷을 찾아보라고 한다. 손자에게 크게 한 방 먹고 잽싸게 인터넷을 검색해 봤다. 그 곁에서 손자는 재잘댄다. 나도 마추픽추에 가고 싶다고, 할아버지는 거기 가봤느냐고.

손자는 이렇게 하루가 다르게 영글어 가는데, 할아버지인 나는 늘 꼬물꼬물한 아기로만 봤다. 손자는 속만 큰 게 아니라 몸도 부쩍 컸다. 어느새 아기 티는 사라지고 어엿한 어린이 모습이다. 장딴지와 엉덩이를 만져보면 예전처럼 야들야들 부드러운 게 아니라 탄탄하다. 할아버지와 팔씨름하자고 덤빌 때 손을 잡아보면 팔 힘도 제법 세다. 얼마 전에는 제 아빠와 남한산에 올라갔다고 자랑하더니, 관악산 정상에서 떡하니 사진을 찍어 보내왔다. 산에 오르는 일이 쉽지만은 않았을 터, 어떠냐고 물었다.

"다리가 아팠어요, 그래도 기분이 너무 좋았어요. 또 가고 싶어요."

자기 반 친구는 한라산까지 올라갔다며, 할아버지하고 한라산에 가고 싶다고 한다. 손자와 함께 땀을 흘리며 정상에 올라 백록담을 바라볼 수 있다면, 그럴 수만 있다면 얼마나 좋을까. 백록담을 바라보며 요 녀석 뭐를 생각할까, 그것도 궁금하다.

"할아버지"라고 부르며 깡충깡충 뛰어와 품에 쏙 안기는 손녀. 손녀는 손자보다 더 빠르게 크는 거 같다. 손자는 만 4살쯤에 말문이 트이기 시작했는데, 손녀는 그보다 조금 이르게 말문이 트였다. 걷는 것도 빨라 돌이 지나자마자 콩콩거리며 걸어다녔다. 성장 과정이 남아보다 여아가 빠르다는 말을 실감했다.

동생이 크는데 오빠도 단단히 한몫했다. 오빠가 훌라후프를 돌리면 따라 돌리고, 줄넘기를 하면 따라 줄넘기를 한다. 그러다 오빠와 부딪히고 넘어지기도 한다. 언젠가는 오빠의 발이 손에 부딪혀 아프다며 울먹였다. 손녀를 달래며 "오빠 맴매할까?" 물으니, 고개를 좌우로 돌리며 "안 돼요." 한다. 그만큼 오빠를 잘 따른다는 얘기다. 그런 동생이 뭔가에 서투르면 오빠는 "선생님은 나야 나."라며, 의젓하게 가르쳐준다. 선생님이 따로 있는 게 아니라 오빠가 선생님인 셈이다.

손녀는 아마도 전생에 공주가 아니었을까? 손녀가 유치원에 다니던 어느 날, 할아버지 집에 왔다. 그런데 그날따라 차에서 내리지 않고 꾸물댄다. 손녀를 안아 내려주려고 하니, "아니, 아니" 하며 싫다고 한다. 요 녀석 봐라. 할아버지를 보면 찰싹 안기고는 했는데, 대체 왜 그러는 걸까? 잠시 지켜봤다. 손녀는 고사리 같은 손을 꼬물대며 레이스가 달린 챙이 넓은 모자를 펼쳐 쓰고 선글라스를 끼더니 방긋 웃으며 차에서 깡충 뛰어내린다. 어! 그런데 내가 뭘 본 거지? 내가 본 건 손녀가 아니라 공주이다. 동화 속에 나오는 백설 공주인지 오로라 공주인지는 모르겠으나 공주가 틀림없다.

손녀는 평소에 옷 입는 것도 공주 패션을 좋아한다. 공주 스타일 옷을 입혀주면 거울 앞에 서서 빙그르르 한 바퀴 돌며 좋아한다. 언젠가는 자동차 스티커를 사줬더니 뜻밖의 말을 한다.

"할아버지, 나는 공주 스티커가 더 좋아요."

그러니 말해 뭐해, 공주가 틀림없다.

작고 여린 생명으로 태어나 하루가 다르게 쑥쑥 자라나는 우리 손주들. 요 녀석들 할아버지를 참 좋아한다. 손자는 글이나 그림으로 표현하는데, 아직 글에 서툰 손녀는 한술 더 뜬다. 할아버지 곁을 맴돌다 밥을 먹으려고 식탁에 둘러앉으면 할아버지 옆에서 먹겠다고 떼를 쓴다. 집에 돌아갈 때면 손자와 손녀가 쌍으로 할아버지를 부르고 눈을 맞추며 '빠이빠이'를 한다. "할아버지"라고 부르는 손주들의 달콤한 목소리를 들을 수 있는 나는 행복한 할아버지이다.

손주들을 생각할 때마다 내 마음속에는 두 가지 마음이 교차

맹물에 조약돌을 삶아 먹어도

한다. 세월이 더 빨리 흘러갔으면 하는 마음과 천천히 흘러갔으면 하는 마음이 그것이다. 손주들이 어서 자라 청년이 되었으면 좋겠다는 생각과 그런 날이 빨리 오면 그만큼 늙었을 거라는 생각에 천천히 자랐으면 좋겠다는 마음이 뒤섞여있다.

세월이 빠르게 흘러가야 좋을까, 아니면 천천히 흘러가야 좋을까?

버킷리스트, 한라산 오르기

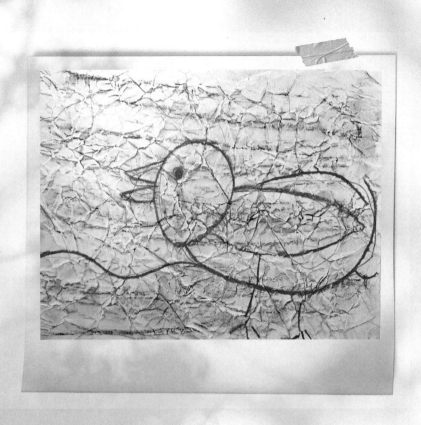

맹물에 조약돌을 삶아 먹어도

버킷리스트 중 하나, '손자와 함께 한라산 오르기'를 실행하기 위해 길을 나섰다. 초등학교 2학년인 손자는 한라산 정상에 오를 수 있을까. 한라산의 표고가 1,947m로 명색이 우리나라에서 가장 높은 산인데, 기대 반 걱정 반이다.

그러니까 일 년 전, 초등학교 1학년인 손자는 할아버지와 함께 한라산에 오르고 싶어 했다. 하필이면 그때 할아버지인 나는 자전거를 타다 낙상하여 치료 중이었다. 하는 수 없이 버킷리스트에 올려놓고 차일피일 미룰 수밖에 없었다.

그렇다고 한없이 미룰 수는 없었다. 떨어진 체력을 끌어올리기 위해 하천가에 나가 각종 운동기구를 붙들고 '으쌰~으쌰'했다. 땀 냄새를 맡고 달려든 모기 떼에게 귀하디귀한 피를 적잖이 나누어주었다. 그렇게 유난히 길고 무덥던 여름을 보내고, 등산하기에 딱 좋은 계절 가을이다.

성판악 탐방 지원센터에서 등산로에 들어선다. 숲에서 불어오는 산들바람이 기분 좋게 온몸을 스친다. 몇 걸음 나아갔을까, '까아악~ 까악' 까마귀 소리가 들려온다. 까마귀가 손자가 온다는 소식을 미리 알고 마중이라도 나온 듯하다. 나뭇가지에 앉아 노래를 부르는 까마귀를 손자가 바라보더니, "할아버지, 빨리 휴대폰 주세요. 저거 꼭 찍어야 해요." 하기에 휴대폰을 건네주었다. 손자는 순식간에 까마귀를 찍고 나서 "어때요? 잘 찍었죠?"라며 어깨를 으쓱거린다. 사진을 찍자마자 까마귀는 임무를 다했다는 듯 '푸드득~' 날갯짓하며 하늘로 날아오른다. 고구려 시대 때 발이 세 개인 삼족오(三足烏) 얘기를 들려주며 오름길을 이어간다.

손자는 힘이 드는지 한동안 뒤에 오던 사람들에게 추월당하고 뒤처진다. 그런 손자가 속밭대피소를 지나면서부터 앞서가던 사람들을 추월하려고 한다. 장거리 산행에 있어서 목표 지점에 이르기 위해서는 얼마나 페이스 조절을 잘하는 지가 무엇보다 중요하다. 만약 의욕이 넘쳐 오버페이스를 하다가는 자칫 탈진하기 십상이다. 오늘만큼은 내가 손자의 세르파가 되어 정상에 무사히 오르고 하산할 수 있도록 해야 한다. 자꾸만 걸음이 빨라지는 손자에게 수시로 "슬로우~ 슬로우" 하며 오버하지 않도록 하며 나아간다.

한라산은 국립공원답게 등산로가 잘 정비되어 있고, 곳곳에는 산의 높이를 표시한 표지석과 안내판이 설치되어 있다. 표지석은 해발 고도 800m 지점부터 100m 간격으로 설치되어 있는데,

별거 아닌 것 같지만 모든 높이가 손자에게는 인생 최초의 기록 경신이다. 그러니 어찌 그냥 지나칠 수 있을까. 표지석을 배경으로 할아버지는 손자의 사진을, 손자는 할아버지의 사진을 찍어준다.

손자는 스치는 등산객들의 귀여움을 독차지한다. 손자와 눈을 맞추며 '파이팅!'을 하거나 초콜릿, 캐러멜, 사탕 등을 건네준다. 어느 등산객이 딸기 맛 캔디를 주자, "고맙습니다." 하며 입에 넣고 오물거리더니 닭살 멘트를 날린다.

"와, 상쾌해요. 상쾌함이 온몸에 차오르네요."

등산객들은 손자의 재치 있는 멘트에 웃음을 함빡 지으며 엄지손가락을 치켜든다. 요 녀석, 어떻게 이런 멘트를 할 줄 알까. 멘트 장인이 따로 없다.

정상이 코앞에 이르자 울퉁불퉁하고 검붉은 빛의 현무암이 무더기로 쌓여있다. 십만 년 전 용암이 분출되던 광경이 눈에 보이는 듯하다. 손자는 이걸 보고는 친구들에게 자랑해야겠다며 조막만 한 현무암 조각 하나를 주워 든다.

드디어 정상, 백록담이 눈앞에 펼쳐져 있다. 정상을 표시한 '白鹿潭(백록담)' 표지석 앞에는 많은 등산객들이 인증 샷을 하기 위해 줄지어 있다. 우리는 줄 끝에 서서 마냥 기다릴 여유가 없다. 표지석 옆 공간에서 잽싸게 '찰칵' 셔터를 누른다.

이곳에 오기 전, 손자는 정상에 오르지 못할까 봐 걱정이 가득

했다.

"할아버지, 정상까지 올라가지 못하면 어떡해요?"

"걱정하지 마. 만약 못 가면 할아버지가 업고라도 갈게."

업고라도 간다는 말에 손자는 천진스럽게 '킥킥' 대며 웃었다. 백두대간을 종주할 때 손자 또래의 어린이와 동행한 적이 있었다. 그 어린이는 아무리 힘들어도 잠시 쉬면 어른들보다 훨씬 빠르게 회복되곤 했다. 그러니 손자도 충분히 해낼 수 있다는 믿음이 생긴 것이다. 그 믿음대로 정상에 섰다.

백록담을 바라보며, 요 녀석 무슨 생각을 할까, 그게 궁금하다.

"백록담을 실제로 보니 어때?"

"왜 물이 없어요? 물이 없으니 흰 사슴도 오지 않는 거 아니에요?"

그러고 보니 물이 없다. 바닥에는 물 한 방울 없이 흔적만 남아있다. 물이 있었으면 혹시 알아? 전설 속의 신선과 흰 사슴이 찾아와 물을 먹고 있었을지.

고개를 들어 하늘을 바라보니 물감을 풀어놓은 듯 파란 하늘에 흰 구름만 두둥실 흘러간다. 손자의 가슴도 저 하늘처럼 푸를 터인데, 그 빛을 잃지 말기를 기원해 본다.

하산 길에 들어선다. 관음사 방향의 하산 길은 경사가 급하고 험난하다. 그런데 예전과는 다르게 위험지대에는 계단이 놓여있고 계곡을 가로지르는 곳에는 다리가 놓여있다. 깎아지른 듯

맹물에 조약돌을 삶아 먹어도

가파른 벼랑에 이르니 철 계단이 허공에 놓여있고, 그 아래를 내려다보니 현기증이 날 정도로 아찔하다. 계단의 경사도 매우 가팔라 자칫 잘못하면 벼랑 아래로 굴러떨어질 것만 같다. 그런데도 손자는 무서워하거나 겁을 내는 낌새는 보이지 않는다. 손자와 손을 맞잡고 "하나둘, 하나둘" 구령을 함께 붙이며 발을 맞춰 한발 한발 내려간다. 계단을 무사히 내려와 하산 길을 이어간다.

겨우 삼 분의 일쯤 내려왔을까, 손자는 힘들다는 표정으로 어쩔 줄 몰라 한다.

"할아버지, 발바닥이 너무 아파요."

가슴이 철렁 내려앉는다. 갈 길이 아직 먼데 이를 어쩌나. 양말을 벗고 확인해 보니 다행히 무릎, 종아리, 발목, 발가락에 큰 이상이 있는 건 아니다. 단련되지 않은 상태에서 난생처음 오랜 시간 산길을 걸었으니, 발바닥이 아플 만도 하다. 어린 손자에겐 무척이나 길고 긴 고난의 길이었을 것이다.

마음 같아서는 업고라도 가고 싶으나 그럴 수는 없다. 그건 도중에 포기하는 것과 다름없기 때문이다. 할 수 있는 거라고는 인내와 자신감을 불어넣어 주는 것뿐이다. 자신도 스스로 해내겠다는 굳은 의지를 보인다. 나이와 몸은 꼬맹이지만 단단히 마음먹는 걸 보면 사내대장부가 따로 없다.

잠시 쉬다 걷고 또 잠시 쉬다 걸어 관음사 탐방지원 센터에 이른다. 우리는 두 팔을 들어 올려 만세를 부르며 종료 지점에 들어선다. 하이 파이브를 하며 완주의 기쁨을 나눈다.

정상에서 찍은 위치 태그 사진으로 인증을 받고, '등정 인증서'를 발급받는다. 해냈다는 뿌듯함은 세상을 살아가면서 역경과 맞닥뜨렸을 때 헤쳐 나갈 용기와 힘이 될 수 있을 것이다. 또한 훗날 소중한 추억이 될 것이다.

돌아오는 길에 지피에스(GPS)로 측정한 산행 결과를 확인해 봤다. 실거리 21.42km를 10시간 06분에 걸쳐 걸었다. 손자의 인생 최초 1,947m 등정이라는 대기록을 세웠다. 만 여덟 살 초등학교 2학년 어린이가 두 발로 쾌거를 이루어냈다. 이렇게 잘 하는데 괜한 걱정을 했다. 장하고 또 장하다.

무릇 조손간의 정이 새록새록 쌓여간 하루이다.

맹물에 조약돌을 삶아 먹어도

한양도성 한 바퀴

지난가을 한라산에 오르며 직사하게 고생을 한 손자는, 한라산에서 자신감 하나만큼은 챙겨왔는지 어디든 또 가자고 한다. 가만 생각해 보니, 조금만 더 크면 함께 가고 싶어도 시간이 없어서 가지 못할 게 뻔하다. 그러니 어떡해, 가자고 할 때 얼른 손잡고 가야지.

이른 새벽, 숭례문(남대문)에서 한양도성 한 바퀴 돌기에 나선다. 태조 이성계가 조선을 건국하여 새 도읍지를 한양으로 정하고, 그 경계를 표시하고 외적의 침입을 막기 위하여 성을 쌓았다. 쉽게 말하면 한양에 담장을 쌓아 올린 것이다. 그 길을 따라 손자와 함께 600여 년 전 조선의 역사를 마주한다.

길을 나서기 며칠 전부터 나는 이미 길을 걷고 있었다. 지도를 구해 구간마다 소요 시간과 거리를 체크하고 스탬프와 인증 사진을 찍을 위치를 확인해 놓았다. 아기 때부터 호기심이 많은 손자는 길을 걸으며 이것저것 물어볼 터인데, 그때마다 모른다고 어물쩍 넘길 수는 없다. 그랬다가는 아무것도 모르는 '무식

맹물에 조약돌을 삶아 먹어도

한' 할아버지가 되기 십상이다. 무엇이든 모르는 게 없는 '유식한' 할아버지가 되기 위해 나름대로 역사 공부도 했다.

낼모레가 눈이 비가 되어 내리고 얼음이 녹아 물이 된다는 우수이다. 겨울이 가고 봄이 왔다는 말인데, 새벽이라서 그런지 공기가 제법 쌀랑하다. 일제 강점기 때 흔적도 없이 사라진 소의문(서소문)과 돈의문(서대문) 터를 지나 길을 이어간다.

인왕산 성곽에 들어서자, 날이 부옇게 밝아온다. 동쪽 하늘이 불그스레하게 물들기 시작하더니 이내 일출이 시작된다. 일출 장면은 언제 어디서 봐도 장관이다. 그걸 손자와 함께 바라보니, 솟아오르는 해와 함께 내 가슴속에도 뭔가 꿈틀대며 솟아오른다. 황홀한 듯한 이 기분, 그게 바로 행복이 아닐까?

인왕산 정상에 올라 삿갓 바위를 배경으로 인증 사진을 찍는다. 인증 사진과 스탬프를 지정된 지점에서 찍으면 완주 인증서와 기념 배지를 받을 수 있다. 어차피 한 바퀴 도는데, 이왕이면 인증서도 받고 배지도 받을 수 있으니, 이거야말로 일거양득이 아닌가.

내림 길은 음지여서 군데군데 잔설이 남아있고 얼어붙어 미끌미끌하다. "조심, 또 조심" 일렀건만 얼어붙은 산길을 걸어본 적이 없는 손자는, 두어 걸음 만에 '쫄그닥' 미끄러져 엉덩방아를 찧고 말았다. 그게 예방 주사 역할을 톡톡히 해서인지 더 이상 엉덩방아를 찧지 않았다.

낮이 되니 날씨는 어머니 품처럼 포근하다. 따스한 햇살이 앙상한 나뭇가지 사이로 꽁꽁 얼었던 숲을 어루만지는 것만 같다. 겨우내 벌거벗은 몸으로 다가올 봄을 기다리며 인고의 시간을 보낸 나무는, 머지않아 기지개를 활짝 켜고 초록빛 옷을 차려입을 것이다.

백악산(북악산) 정상에 서니 도심이 한눈에 내려다보인다. 내 4산(인왕산, 백악산, 낙산, 목멱산)에 둘러싸인 도심은 아파트와 빌딩이 숲을 이루고 있지만 산자락이 감싸고 있어서인지 평화롭고 아늑하게 다가온다. 산은 사람을 품고 사람은 그 산자락에서 역사를 만든다. 그 역사의 흔적 앞에 저절로 옷깃이 여며진다.

잠시 눈을 감고 상념 속에 빠져든다. 짚신에 괴나리봇짐을 둘러멘 사람들이 도포 자락을 너풀대며 성곽을 따라 걸음을 재촉한다. 보아하니 과거시험을 보러 한양에 온 선비들이다.

"여보시오, 선비님들. 무슨 일로 성곽을 걷는 거요?"

"소원을 빌며 도성을 한 바퀴 돌면 소원이 이루어진답니다."

"선비님들은 대체 무슨 소원을 비는 거요?"

"그야 과거에 급제하는 것이지요."

그렇다면, 나는 무슨 소원을 빌까? 선비도 아니고 과거시험을 볼 것도 아닌데 소원은 무슨. 하지만 손자는 무슨 소원을 빌지, 그게 궁금하다. 요 녀석 대답에 한바탕 배꼽을 잡고 웃었다.

"음, 저는 당장 시험 볼 게 아니잖아요. 20년 후 소원을 빌 거예요."

맹물에 조약돌을 삶아 먹어도

"20년 후?"

"예. 취업할 때 면접시험에서 합격해 달라고요."

숙정문(북대문)을 배경으로 손자의 모습을 사진에 담는다. 사진은 4대문과 4소문은 물론 내4산 정상과 의미 있는 장소에서는 꼭 찍어준다. 훗날 사진을 보며 추억할 수 있도록 해주고 싶어서이다. 손자는 그때마다 기기묘묘하게 폼을 잡고 사진을 찍는다. 그러고는 쪼르르 달려와 사진을 보며 눈을 감고 찍은 건 아닌지 확인한다. 사실 손자의 눈은 왕눈이 아니라 외꺼풀에 실눈이다. 가느다란 실눈으로 웃음을 짓거나 깜찍한 표정을 지으면 눈을 감았는지 떴는지 알쏭달쏭하다.

낙산을 지나 흥인지문(동대문)에 이르러 스탬프를 찍는다. 스탬프가 들어있는 자그마한 나무상자를 찾기란 쉽지 않다. 그걸 손자는 대번에 찾아내고는 "여기 있어요. 여기요."라며 어깨를 으쓱거린다. 돈의문 터에서도, 말바위 안내소에서도 손자는 스탬프 상자를 금방 찾아냈다. 손자가 없었으면 여기저기 두리번거릴 뻔했다. 그 비결이 뭐냐 물으니, 요 녀석 할아버지를 깜짝 놀라게 한다.

"유치원 때부터 '보물찾기의 달인'이었어요."

할아버지인 나는 종아리와 무릎이 아프고 손자는 발바닥과 발목이 아프다고 한다. 오늘은 여기까지 하고 내일 이어서 하면 어떠냐 하니, 끝까지 하고 싶다고 한다. 이제 겨우 초등학교 3학

년인 손자의 정신력과 인내력은 웬만한 어른 저리 가라이다. 최
고 중 최고!

남아있는 힘을 쥐어짜며 걸음을 재촉해 목멱산(남산)에 오른
다. 봉수대에서 마지막 인증 샷을 하고, 봉수대에 대한 얘기를
들려준다. 손자는 요즘 방영 중인 사극 '고려 거란 전쟁'에서 봉
수대 신호하는 것을 봤다며 빠르게 이해한다.

손자는 어떤 말을 하던 말귀가 밝아 무슨 뜻인지 금세 알아듣
는다. 인왕산 치마바위에 전해오는 전설, 창의문(북소문) 천장에
닭을 그려놓은 이유, 혜화문(동소문) 천장에 봉황을 그려놓은 이
유, 광희문(남소문)을 왜 시구문이라 불렀는지 등등을 얘기해 줄
때마다 이해가 빨라 두 번 세 번 얘기할 필요가 없었다. 할아버
지는 손자에게 이런저런 얘기를 들려주고, 손자는 할아버지에
게 재잘재잘하며 걷다 보니 지루할 틈이 없이 목표 지점에 이르
렀다.

숭례문에 내려서서 한양도성 한 바퀴 돌기를 마무리한다. 완
주 인증서와 기념 배지를 받은 손자는, 포기하지 않고 끝까지
해냈다는 자부심과 기뻐하는 기색이 얼굴에 가득하다. 그런 손
자의 모습을 보는 할아버지의 가슴이 뿌듯하다.

한양도성 한 바퀴, 도상 거리는 18.6km이나, 실 거리는
21.5km에 달한다. 50리가 넘는 그 길을 두 발로 걸어 단 하루

만에 완주했다. 한라산에 이어서 또 하나의 쾌거를 이루었다.

또 한 번 조손간의 정이 새록새록 쌓여간 하루이다.

남한산성 옛길을 걷다

맹물에 조약돌을 삶아 먹어도

옛날 조선시대 왕들이 여주에 있는 왕릉에 참배하러 다닐 때, 지방 선비들이 과거를 보러 한양을 오갈 때, 보부상들이 봇짐과 등짐을 이고 지고 장터를 떠돌아다닐 때면 남한산성을 넘나들었다. 그 길을 걷기 위해 손자와 함께 길을 나섰다. 초등학교 3학년인 손자는 무엇을 보고 무엇을 느낄까?

하남시 위례동에서 옛길에 들어선다. 그런데 나무마다 허리에 비닐을 둘러놓았다. 벌레들이 기어오르거나 파고들지 못하도록 설치한 '끈끈이'이다. 손자는 이게 뭔가 싶어 바라보더니 손가락을 살짝 대본다. 손가락이 '쩍~'하고 들러붙자 키드득대며 엄살을 떤다.

"할아버지, 손이 안 떨어져요. 어떡해요?"

오름길을 재촉하자 땀방울이 머리에서 이마와 볼을 타고 주르르 흘러내리고, 셔츠가 축축하게 젖어온다. 계절은 정해진 순서대로 어김없이 바뀌어 간다. 몇 차례 봄비가 내리더니 여름이 성큼 코앞에 다가왔다. 달콤한 향기를 내뿜던 봄꽃은 어느새 사라지고, 숲은 녹음방초가 우거져 온통 녹색으로 물들었다.

보호수로 지정된 아름드리 느티나무에 이른다. 느티나무의 나이가 무려 450살이다. 이 길을 걷던 옛 선인들은 온데간데없고, 오랜 세월 묵묵히 자리를 지키며 오가는 사람들을 바라보고 있는 느티나무. 문득 야은 길재의 시가 떠오른다.

오백 년 도읍지를 필마로 돌아드니
산천은 의구하되 인걸은 간데없네.
어즈버 태평연월이 꿈이런가 하노라.

남문(지화문)부터는 손자가 앞장을 선다. 아빠와 함께 온 적이 있어서 길을 잘 안다며, 수어장대를 거쳐 서문 전망대까지 길잡이를 자처하며 씩씩하게 나아간다. 수어장대에서 잠시 땀을 훔친다.

"할아버지, 수어장대가 뭐 하던 곳이에요?"

"장수가 군사들을 지휘하고 적병을 관측하던 곳이란다."

"병자호란 때요?"

"어! 병자호란을 어떻게 알아?"

"만화로 역사 공부했어요. 인조 때 청나라가 쳐들어왔잖아요."

말 나온 김에 병자호란에 대하여 간략하게 얘기해준다. 청 태종 홍타이지가 12만 대군을 이끌고 쳐들어온 경위, 인조가 남한산성에 피신했다가 항복할 때 세 번 무릎 꿇고 아홉 번 머리를

맹물에 조약돌을 삶아 먹어도

조아리는 삼궤구고두례(三跪九叩頭禮)로 치욕의 항복식을 치른 경위에 관하여 얘기하니, 손자는 역사 공부를 해서인지 금세 알아듣는다.

서문(우익문) 전망대에 서니 도시 한복판에 우뚝 솟아 있는 롯데월드타워가 한눈에 들어온다. 바로 그 옆 석촌호수 부근이 인조가 청 태종에게 항복한 삼전도가 아니던가. 멀리 관악산, 청계산, 광교산을 눈에 담고 길을 이어간다.

서문 길은 거리가 짧고 내리막길이어서 그다지 힘들지는 않다. 손자는 신이 나는지 팔딱팔딱 뛰다시피 내려간다. 긴 계단 길이 끝나자 '산 할아버지'가 마중을 나와 계신다. 이미 고인이 되신 산 할아버지는 이곳에 등산로를 개척하고 나무를 심고 가꾸어 정원 같은 등산로를 만들었다. 수염을 기르고 모자를 쓴 산 할아버지의 흉상에서 따스하고 온후한 인품이 느껴진다.

광주향교에서 덕풍천 변을 따라 법화골까지 평지 3km를 걷는 건 여간 고역이 아니다. 산길은 살랑살랑 불어오는 산바람과 나무 그늘이 있고 오르내림이 있어 지루하지 않다. 도로는 단조로워 아무리 걸어도 제자리걸음을 하는 것 같아 지루하다. 햇볕은 쨍쨍 내리쬐고 땀이 줄줄 흘러내린다. 손자는 덥다고 모자를 벗는다.

"햇볕에 얼굴이 까맣게 타면 친구들이 깜둥이라고 놀릴 텐데."

"깜둥이요? 크크~ 그래도 괜찮아요."

법화골에서 등산로에 들어선다. 옛길을 걷기 위해서는 남한산에 두 번 올라가야 한다. 한동안 오름길을 재촉해 북문(전승문)에 올라선다. 북문을 전승문이라 하는 이유는 뭘까? 전투에서 승리했다는 말인가? 그게 아니다. 성문을 닫고 방어를 하던 우리 군사는 성문을 열고 법화골에 내려가 청군을 기습했다. 청군 2명의 목을 베었으나 우리 군사 300명이 전멸을 했다. 전투에서 이겼다고 하여 전승문(戰勝門)이 아니라, 앞으로는 전부 이기자는 염원에서 전승문(全勝門)이라 했다.

동문 길에 들어 산성 로터리에 내려서니 멋진 동종이 눈길을 잡아끈다. 그 아래 움푹 팬 곳에 동전이 쌓여있다. 손자는 동전을 던지며 뭔가를 기원한다.

"극락왕생하시옵소서."

"극락왕생? 누가 죽었어?"

"할아버지가 돌아가시면 극락왕생하시라고요."

"어허, 요 녀석. 할아버지가 죽지도 않았는데, 빨리 죽으라는 건가?"

"그게 아니고요. 어차피 사람은 죽잖아요. 그때 극락에 가시라고요."

뭔가 멋쩍었던지, 또 동전을 던지며 중얼거린다.

"만수무강하시옵소서."

맹물에 조약돌을 삶아 먹어도

할아버지가 극락왕생하든, 만수무강을 하든, 할아버지를 생각
하는 마음이 참으로 갸륵하고 기특하다.

길을 이어가려는데, 손자가 배낭을 메고 가겠다고 한다. 어쩌
나 보려고 배낭을 어깨에 걸쳐주자 한 걸음도 못 가 내려놓는다.

"어휴, 무거워. 이걸 어떻게 메고 다니셨어요?"

"계속 메고 가. 그래야 할아버지가 편하지."

"안 돼요. 크크~"

"빨리 커서 배낭을 메고 앞장서거라. 할아버지는 맨몸으로 따
라다닐게."

"예~"

요 녀석, 대답 한번 시원하다. 그나저나 그런 날이 오긴 올까?
손자가 배낭을 메고 할아버지가 뒤따르는 그런 날이.

동문(좌익문)에 이르러 스탬프를 찍는다. 길을 이어가 세계유산
센터에 이르러 마지막 스탬프를 찍는다. 스탬프 11곳 모두 손자
가 귀신같이 찾아냈다. 역시 '보물찾기의 달인'이다. 센터에 스
탬프 찍은 것을 제출하고 인증을 받는다. 약 23km의 남한산성
옛길 걷기를 무탈하게 마무리한다.

손자는 한라산 정상에 오르는 것보다, 한양도성 순성길을 걷
던 것보다 이번 옛길 걷기가 더 힘들었다고 한다. 맞는 말이다.
세상 모든 일이 다 그렇다. 어제 한 일보다 오늘 하는 일이 더 힘
들다. 손자에게 어느 산악인의 말을 들려주고 싶다.

"가장 힘든 산은 지금 오르는 산이고, 가장 쉬운 산은 어제 다녀온 산이다."

4부

취미의 단계

크렙 드 라 크렙

나는 오랜 세월을 산과 함께하고 있다. 산에 매료되어 주말이면 만사를 제쳐두고 산에 간다. 태풍이 불어와 폭우가 쏟아져도, 폭설이 내려도 산에는 간다. 누가 시켜서 가는 것도 아니고 돈을 벌려고 가는 것도 아니다. 그냥 산이 좋아서, 산과 사랑에 빠져서이다. 그런 산꾼에 불과한 내가 글을 쓴다. 왜?

나는 책이라고는 교과서 외에는 들춰본 적이 없이 어린 시절을 보냈다. 독서를 시작한 때는 고등학교에 들어가면서이다. 당시 국어 선생님의 지도로 '독서회'에 들어간 것이 계기가 된 셈인데, 독서가 좋아서가 아니라 딱히 흥미 있는 다른 그룹이 없어서 거길 택했을 뿐이다. 책을 읽기 시작하면서 문장의 구체적인 뜻도 모른 채, 어린이가 말을 배우는 것같이 흥미를 느끼기 시작했다. 그때부터 누군가가 "취미가 무엇이냐?" 물으면, 어깨를 으쓱하며 "독서"라고 대답했다.

정작 내가 책에 매료된 건 세월이 흐르고 흘러 마흔 살쯤이다. 그즈음부터는 한번 책을 펼치면 시간 가는 줄 모르고 읽었다.

맹물에 조약돌을 삶아 먹어도

늦은 밤에 책을 펼치면 새벽까지 책속에 들어가 살다시피 했다. 좋아하는 장르나 작가가 따로 있었던 것도 아니다. 닥치는 대로 게걸스럽게 먹어 치우는 황소개구리처럼 가리지 않고 읽었다. 책을 읽을 때마다 나도 글을 쓸 줄 알면 얼마나 좋을까, 라는 생각을 하고는 했다.

그 시절, 1990년대에는 방문 도서 대여와 이동도서관이 성행했다. 책을 대여해주는 사람이 커다란 가방을 메고 집이나 사무실을 돌아다녔고, 트럭이나 버스에 책을 싣고 다니며 빌려주었다. 책을 읽고 싶어 그들이 오는 날만 기다렸고, 일주일에 너덧 권씩 빌려 읽었다.

산꾼에 불과한 내가 글을 쓰기 시작한 건 김영도 님의 글을 읽고부터이다. 김영도 님이 쓴 산악수필집 '산에서 들려오는 소리'를 읽다가 어느 한 글귀에서 나는 그만 눈을 뗄 수 없었다.

"나는 사람을 산에 가는 사람과 가지 않는 사람으로 나누는데, … 그런데 많은 산행을 하고 책 한 권 남기지 않는 사람이 있는가 하면, 산행은 적어도 뛰어난 저술을 한 사람들도 있다."

마치 나에게 하는 말 같았다. 단순히 산에 가는 사람에 불과한 나는 '단순한 산꾼'에 머물고 싶지 않았다. 그로부터 산에 다녀오면 글을 쓰기 시작했다. 처음에는 '들은 풍월 얻은 문자' 식으로 에이비시(ABC)도 모른 채 생각나는 대로 끼적이는 게 전부였다. 책을 많이 읽는다고 반드시 글을 잘 쓰는 것은 아니었다. 별

것 아닌 거 같은데 쓰면 쓸수록 어렵다는 것을 깨달았다.

때마침 서울대학교 평생대학원에 산문 창작 교실이 개설되었다는 소식을 알게 되었다. 이거다 싶어 서둘러 등록했다. 지도교수는 소설가이자 문학박사인 서울대 교수이다. 함께 공부하는 사람들은 모두 글쓰기라는 길을 가는 사람들이다. 시인으로, 수필가로, 소설가로 이미 등단한 사람도 있다.

일주일에 한 편씩 글을 써서 제출하고, 간단한 강의를 듣고, 제출한 글을 함께 읽어가며 평가받는 방식으로 공부한다. 그 과정에서 내가 쓴 글은 어떠한지, 다른 사람이 쓴 글은 또 어떠한지, 어떻게 써야 좋은 글이 되는지를 알아간다.

그러나 주중에는 출근하고 주말에는 산에 가다 보니 글을 쓸 시간이 늘 부족했다. 아쉬움을 달래려고 다음 학기에 다시 등록하고, 또 하고, 그러다 보니 그 재미에 푹 빠져들어 삼 년의 세월이 휙 흘러갔다. 뭐 하나 제대로 할 줄 모르는 나는 글을 쓰는 재주도 없다고 생각했다. 그런데 서당 개 삼 년이면 풍월을 읊는다더니, 그럭저럭 원고지 빈칸을 메워나갈 수 있었다.

그러던 중 조선일보사에서 '한여름 밤의 글공부'라는 이름으로 수강생을 모집했다. 강사는 조선일보에 연재되고 있는 '별별 다방'의 작가인 홍 여사이다. '별별 다방'을 읽을 때마다 일상의 이야기를 어찌 그리 맛깔나게 풀어내는지, 대체 홍 여사가 누구인지 궁금증이 일고는 했다. 때는 이때다 싶어 수강하고, 강좌가 끝나고 나서도 스터디그룹을 만들어 글쓰기 공부를 이어갔다. 그때 홍 여사의 말이 가슴에 콕 박혀 들어왔다.

"여자는 예뻐야 하고 글은 재미가 있어야 한다. 사진이 예쁘게 찍히려면 꺾고 비틀고 포개줘야 하듯이 글쓰기도 테크닉이 필요하다."

그런데 그게 쉽지만은 않다. 일주일에 한 편씩 꼬박꼬박 써야 한다는 것도 만만한 게 아니지만, 글을 완성했을 때의 행복감은 세상을 통째로 얻었다고 할까, 그런 기분이다. 그 기분에 글을 쓰지만, 솔직히 중간에 딱 막히기도 한다. 그럴 땐 멍하니 앉아 있기도 하고 머리를 쥐어짜느라 끙끙대기도 한다. 머리가 둔해서 그런 건 아닌가, 나이 때문에 머리에 녹이 슨 건 아닌가, 한탄하며 무작정 걷기도 한다. 그러다 보면 어느 순간 다음 문장이 번쩍 떠오르기도 한다.

아직은 습작 수준이지만 소설을 끼적이는 것 또한 여간 즐거운 게 아니다. 소설 속에 등장하는 인물의 신분과 성격은 물론 그들의 생로병사까지 틀어쥐고 과거와 현재, 미래를 넘나드는 일은 결코 아무나 하는 게 아니다. 소설가들은 뭔가 '남다르면서 대단하다'라는 것을, 나 같은 사람이 소설을 쓴다는 건 가당찮은 일임을 알게 되었다. 그러나 그 과정은 땀을 뻘뻘 흘리며 산정에 오르는 것에 버금갈 정도로 즐겁다. 수필이든 소설이든 글을 쓴다는 것은 나 자신을 뒤돌아볼 수 있고 행복하게 한다는 사실도 깨달았다.

"이 세상에 어떤 가치가 있는 것치고 간단히 얻을 수 있는 게 하나라도 있는가. 시간을 쏟고 공을 들여 그 간단치 않은 일을 이루어내고 나면, 그것이 고스란히 인생의 크렘이 되거든. 크렘 드 라 크렘(creme de la creme)."

무라카미 하루키의 단편소설 〈일인칭 단수〉에 나오는 글귀이다. 이제 글쓰기는 내 삶의 주요 행복 포인트가 되었다. 최고 중의 최고! 크렘 드 라 크렘!

맹물에 조약돌을 삶아 먹어도

할 일 없으면 수담이라도

김 선배가 흑 돌을 잡고 선착한다. 이번 판은 어떻게 둬야 할지 마음속으로 그려본다. 타이틀매치도 아니고 내기도 아닌데 긴장감이 인다. 초반 포석이 끝나자 갑자기 우상귀에서 전운이 감돈다. 흑과 백의 생사를 건 전투가 시작된 것이다.

바둑을 흔히 한가한 사람들이 즐기는 신선놀음이라고 한다. 진나라 때 조충기가 지은 술이기(述異記)에는 '신선놀음에 도낏자루 썩는 줄 모른다.'라는 선유후부가(仙遊朽斧柯) 설화가 전해 내려온다. 재미있는 일에 정신이 팔려 시간이 가는 줄 모른다는 말이다. 바둑을 다른 말로 난가(爛柯)라고 하는 것도 '도낏자루 썩는다.'라는 말에서 유래되었다.

김 선배와 바둑 너덧 판을 두면 한나절이 훌쩍 흘러간다. 가히 신선놀음이라 할 만하다. 하지만 프로 대국에서는 한 판 두는데 하루가 꼬박 걸리기도 한다. 신선놀음이 아니라 그야말로 피가 마르는 승부이기도 하다.

맹물에 조약돌을 삶아 먹어도

내가 신선놀음을 시작한 때는 30여 년 전, 사업을 할 때였다. 그때는 다른 취미 생활을 할 시간적 여유가 없었다. 틈나는 대로 할 수 있는 게 뭐가 있을까, 궁리 끝에 생각해 낸 것이 바둑이었다. 혼자 책과 기보를 보며 익혀나갔다. 모든 잡기가 그러하듯, 한번 빠지게 되니 잠자리에 누워있어도 천장이 바둑판으로 보였다. 해야 할 일은 뒷전으로 미루게 되고 바둑이 우선이었다.

지금 급수는 동네 친구들과 어울려 놀기 딱 좋은 2급 정도이다. 바둑에 한창 미쳐있던 7급 시절, 웃지 못할 기억 한 토막을 꺼내본다. 그 시절 기원에 가면 비슷한 급수끼리 붙여주었다. 내가 만난 상대는 그냥 두면 재미가 없다며 기료 내기를 하자고 했다. 기료라고 해봐야 오천 원이다. 크게 부담이 되지 않았고, 진다 해도 수업료로 생각하면 그만이다.

첫판은 이겼다. 다음 판은 현찰 내기를 했다. 금액은 그대로 한 판 오천 원. 내리 세 판을 졌다. 다음 날도, 그다음 날도 기원에 갔다. 평균 한 판 이기면 세 판은 졌다. 뭔가 이상하다는 생각이 들었다. 다른 사람에게 상대방의 급수를 넌지시 물어보니, 5급이라고 한다. 이럴 수가, 급수를 속이고 나를 호구로 여기며 가지고 논 것이다. 기분이 확 잡쳤다. 또한 매너가 형편없었다. 돌을 판 위에 놓을 때는 장작을 패듯 힘껏 내려놓아 판에서 튕겨 나가기도 했다. 그 후 기원에는 가지 않았다. 바둑을 두면서 기본적인 예의조차 지키지 않는다면 그건 한낱 잡기에 불과하다는 생각이다.

   김 선배와 나는 종종 바둑판을 사이에 두고 마주 앉는다. 수담
(手談)을 나누기 위해서다. 바둑을 수담이라 하는 것은 글자 그대
로 손으로 나누는 대화라는 뜻이다. 수담을 나눌 때는 치수 고
치기를 한다. 내리 세 판을 지거나 이기면 흑과 백이 바뀌거나
한 점씩 더 까는 식이다.

   김 선배와의 수담이 중반에 접어들자, 흑과 백이 쫓고 쫓기며
곳곳에서 치열한 전투가 벌어진다. 흑 실리와 백 세력 간의 싸
움이 한 치의 양보 없이 전개되는 양상이다.

   바둑판에는 삶이 있고 죽음이 있다. 순풍을 만나 순조롭게 나
아갈 수도 있고 폭풍우를 만나 표류하거나 조난될 수도 있다.
기쁨, 노여움, 슬픔, 즐거움 등 온갖 감정이 일렁이고 쓴맛 단맛
다 맛볼 수 있다. 삶의 축소판이라고 할까, 우리네 삶과 닮아도
너무 닮았다.

   반집만 많아도 이기는 게 바둑이다. 이기기 위해서는 상대방
보다 많은 집을 지어야 한다. 한 수 한 수 둘 때마다 내 돌을 어
떻게 살릴 것인지, 상대 돌을 어떻게 죽일 것인지 생각해야 한
다. 그러려면 잔머리든 뭐든 머리를 굴려야 한다. '예순에 바둑
을 배우면 일흔에 치매를 예방한다.'라는 말이 있지 않은가. 바
둑만 그런 게 아니라 심심풀이 고스톱도 치매 예방에 좋다고 하
니, 나이가 들면 뭐든지 하고 볼 일이다.

몇 년 전 바둑 애호가들이 아연실색한 일이 있었다. 사람과 사람이 아닌, 사람과 컴퓨터의 반상 격돌이었다. 우리나라 최고수 이세돌 9단은 구글 딥마인드 인공지능 컴퓨터인 알파고와 다섯 차례 대국에서 네 판을 내주고 겨우 한 판을 승리했다. 세계 랭킹 1위인 중국의 커제 9단은 알파고에 3전 전패를 했다. 인간이 만든 컴퓨터가 인간을 뛰어넘는 충격적인 일이었다. 영화에서나 나오는 인공지능 컴퓨터가 인간을 지배하는 시대가 실제로 오는 것은 아닌지 두렵기까지 했다.

이세돌 9단을 꺾은 그 컴퓨터는 그날 무슨 생각을 하며 바둑을 두었을까? 놀랍도록 빠르고 정확한 계산 끝에 주어진 답대로 돌을 놓았을 뿐이리라. 말없이도 뜻이 통하는 수담의 경지를 기계는 모른다. 바둑판에서 삶과 죽음의 경계를 느끼지도 못하고, 자신의 어리석음을 깨달을 기회도 없다. 비록 인간이 기계의 지배를 받는 날이 온다고 하더라도, 바둑의 재미를 인공지능에 빼앗기는 날은 절대 오지 않을 것이다.

"飽食終日 無所用心 難矣哉 不有博奕者乎 爲之猶賢乎已(포식종일 무소용심 난의재 불유박혁자호 위지유현호이)"

논어 양화 편에 나오는 공자의 말씀이다. 종일 배불리 먹고 마음 쓰는 데가 없으면 어려운 노릇이다. 장기와 바둑이라는 것도 있지 않느냐. 그런 것이라도 하는 것이 오히려 나을 것이니라,

라는 뜻이다.

그렇다. 사람이 하는 일 없이 노는 것은 정신 건강에도 좋지 못하다. 기계라면 일 없을 때 그저 쉬는 편이 유익하지만, 인간은 틈틈이 배우고 즐겨야 한다.

할 일 없으면 수담이라도 나누자.

맹물에 조약돌을 삶아 먹어도

내 삶의 일부가 된 산

산, 산, 산!

내 삶에 다른 건 몰라도 산 얘기는 빼놓을 수가 없다. 산은 내 삶의 일부가 될 정도로 특별하기 때문이다.

나는 40대 중반에 이르기까지는 이렇다 하게 아픈 곳이 없어 건강만큼은 생각조차 하지 않고 살아왔다. 그런 어느 날, 갑자기 통증이 찾아들었다. 통증은 목과 척추를 타고 허리와 다리까지 내려와 걷기는커녕 앉아있기조차 힘들었다. 검진 결과, 척추의 연결 뼈 한 마디가 없어 척추가 흔들리는 상태였다. 지금까지는 뼈 주변 근육이 지탱해 줬는데, 근육이 약해지면서 통증이 나타난 거였다.

퇴근 후 헬스클럽에서 근육운동을 하고, 온찜질이 좋다기에 틈만 나면 사우나에서 온탕에 몸을 담갔다. 걷는 게 좋다기에 출퇴근도 40분이면 충분한데 빨리 걸을 수가 없어 1시간 30분에 걸쳐 천천히 걸어 다녔다. 그런데 풍 맞은 사람처럼 어기적거리며 걷다 보니, 오다가다 마주치는 사람들의 시선이 영 거북

하고 쪽팔렸다. 그래서 찾아간 곳이 관악산이다.

그렇게 산과의 인연이 시작되었다. 처음에는 배낭도 메지 못하여 맨몸으로 스틱에 의지한 채 걸었다. 몇 걸음 걷다 주저앉기를 거듭했고 아무 곳에서나 드러눕기도 했다. 그런데 제기랄, 아는 사람과 또 마주칠 줄이야. 안 되겠다 싶어 좀 멀리, 사람을 피해 외진 곳에 있는 산을 찾아다녔다. 차츰차츰 통증이 완화되어 갔고, 산행 거리도 조금씩 늘려갈 수 있었다. 배낭도 무겁지만 않으면 멜 수 있을 정도로 회복되어 갔다. 그러다 보니 나도 모르게 산에 푹 빠져들고 말았다.

어차피 산에 갈 거라면 대충 다닐 게 아니라 제대로 다니고 싶었다. 그 방법을 찾던 중, 백두대간을 알게 되었다. 그러나 나같이 보잘것없는 체력으로 백두대간을 종주한다는 것은 가당치도 않다고 생각했다. 가슴 한편에서는 까짓거 한번 해보자는 생각이 꿈틀거렸다. 죽기 아니면 까무러치기밖에 더 하겠느냐, 라는 각오로 백두대간 종주에 나섰다.

몸이 힘들면 정신력으로 버티며 걷고 또 걸었다. 꿈에서 걸었는지 생시에 걸었는지 모르게 걷다 보니 완주라는 기대하지도 않은 결실을 보았다. 내친김에 정맥 종주에 나서 9개의 정맥 모두를 완주하고, 지맥 산줄기를 찾아다녔다. 몸은 고되었으나 마음은 행복했다.

생업에서 은퇴하자 남는 게 시간이었다. 그 시간을 집에 틀어

박혀 무기력하게 보내기는 싫었다. 이왕이면 내가 사랑하는 산과 함께하고 싶었다. 그래서 주중에는 관악산에서 숲길체험지도사로 활동하고, 주말이면 또 다른 산을 찾아다녔다. 그 나날이 마냥 즐거웠다. 그러나 시간에 매여 있는 점이 못내 아쉬웠다. 더 나이가 들어 다리 힘이 떨어지기 전에 해외 고산에 가고 싶었다. 그래서 모든 걸 훌훌 털어버리고 길을 나섰다.

이순(耳順)을 넘긴 나이에, 그것도 약질인 내가 고산에 오를 수 있을지 걱정이 앞섰다. 그렇다고 지레 겁을 먹고 포기하고 싶지는 않았다. 미지에 대한 알 수 없는 두려움과 기대를 안고 에베레스트 길에 들어섰다. 그런데, 뜨겁게 내리쬐던 태양이 구름 속으로 사라지는 것처럼, 두려움은 저절로 사라지고 고산만이 간직하고 있는 신비로운 매력에 흠뻑 빠져들었다.

그로 인하여 새로운 꿈이 생겼다. 세계 7대륙 최고봉에 오르는 꿈과 세계 각국의 고산에 오르는 꿈이다. 누가 봐도 가능하지도 않고 헛된 꿈에 불과하겠지만, 꿈이라도 꿔야 임을 볼 게 아닌가 싶었다. 그 꿈을 현실로 만들 작심을 하고 고산을 찾아다녔다.

유럽 최고봉인 러시아 엘부르즈산과 아프리카 최고봉인 킬리만자로산에 오르고 보니, 금방이라도 꿈을 이룰 것처럼 발걸음은 기세등등했다. 그런데 '코로나'라는 못된 녀석이 느닷없이 튀어나와 나의 발을 꽁꽁 묶어놓았다. 그렇다고 집에 죽치고 있을 수만은 없었다. 아직 못 간 국내의 산을 찾아 전국 방방곡곡을 헤매고 있다.

산은 내 삶에 활력을 불어넣어 주고 건강을 찾아주었다. 나 자신이 살아있음을 온몸으로 느끼게 해주었다. 산에 오르는 시간이야말로 내 마음이 방황하지 않는 유일한 시간이기도 했다. 그러다 보니 산과 사랑에 빠져, 그것도 너무 깊이 빠져 헤어날 수조차 없었다. 어느새 산은 내가 되어 있었고 나는 산이 되어 있었다. 산은 저절로 내 삶의 일부가 되어 있었다.

시인 신경림은 다양한 산의 모습을 통해 사람의 삶을 얘기했다. 그 시 '산에 대하여'의 한 구절이 떠오른다.

사람이 다 크고 잘난 것만이 아니듯
다 외치며 우뚝 서 있는 것이 아니듯
산이라 해서 모두 크고 높은 것은 아니다.

왜 산에 가는 걸까

맹물에 조약돌을 삶아 먹어도

국내 산이든 해외 고산이든 어딜 가나 활기 넘치는 사람들의 발걸음이 끊이지 않는다. 백발의 은퇴 산꾼인 나도 그들 중 한 사람이다. 산이 어서 오라고 부르기라도 하는 걸까? 꿀단지라도 숨겨놓고 유혹이라도 하는 걸까? 사람을 잡아끄는 묘한 마력이라도 있는 걸까? 그들은 왜, 나는 왜 산에 가는 걸까?

산은 멀리서 바라보면 참 웅장하고 아름다우며 평온함이 깃들어 있는 것만 같다. 하지만 산에 들어 산길을 걷다 보면, 산은 어찌나 거짓말을 잘하고 숨기는 게 많은지 사기꾼이나 진배없다. 그렇다고 온유하지도 너그럽지도 않다.

등산로에 들어 능선을 타고 정상을 향하여 발걸음을 재촉한다. 저만치 봉우리가 보이기에 기를 쓰고 올라간다. 봉우리에 올라서니 눈앞에 봉우리가 또 나타난다. 산은 나에게 "조금만 더 가면 정상이다."라고 한다. 그 말을 믿고 한참을 더 오른다. 봉우리에 올라서니 더 높은 봉우리가 얼굴을 내민다. 산은 나에게 "이제 얼마 남지 않았다."라고 한다. 또 그 말을 믿고 한참을 더 올라 봉우리에 올라선다. 그런데 또 정상이 아니다. 함께 산행하는 산우가 우스갯소리를 한다.

"어차피 다시 내려올 텐데 정상까지 가야만 하나."

그렇게 몇 개의 봉우리를 오르내리고서야 정상에 이른다. 얼굴색 하나 변하지 않고 거짓말을 하는 산에 한두 번 속은 게 아니다. 산에 왜 뻔한 거짓말을 자꾸 하느냐 물으니, 산은 입을 꽉 다문 채 묵묵부답 말이 없다. 차라리 야간 산행이 좋다. 눈에 뵈는 게 없으니 오르고 또 오르면 정상에 닿으니까.

외진 숲길에 들어선다. 몇 걸음 가지 않아 거미줄을 뒤집어쓴다. 나무와 나무 사이에는 거미줄이 널려있으나 보이지도 않는다. 거미줄에 붙어있던 거미와 벌레들이 기다렸다는 듯 옷 속으로 파고들어 물고 뜯고, 난리법석이다.

보이지 않는 곳에 숨어있다가 기습하는 야비한 녀석들도 있다. 이 녀석들을 미리 보지 못하면 꼼짝없이 쏘이거나 물리는 수밖에 없다. '푸우~ 푸우' 거친 숨소리를 토해내며 땅을 헤집고 있는 멧돼지와 마주쳐 식겁을 하기도 한다. 산에 숨어들어 먹이를 찾아 떠돌아다니던 유기견이나 들개가 으슥한 등산로에 떡 버티고 서서 당장 먹을 걸 내놓으라는 듯 송곳 같은 이빨을 드러내고 '크르릉~' 거리기도 한다.

갈림길에서 엉뚱한 길로 들어 한참을 헤매기도 한다. 사람이 많이 다니지 않아 희미한 등산로에 들어서면 날카로운 잡목과 가시덤불이 할퀴고 물어뜯는다. 여기저기 긁히고 찔려 상처투

맹물에 조약돌을 삶아 먹어도

성이가 된다.

땀을 많이 흘려 축축하게 젖은 옷이 체온을 빼앗아 가 벌벌 떨기도 한다. 짓궂은 동네 개구쟁이처럼 산은 안개와 바람, 비와 눈으로 종종 심술을 부린다.

설마 했다가 큰코다치기도 한다. 별로 위험하지도 않은 곳에서 돌부리에 발이 걸려 고꾸라지기도 하고, 발을 잘못 디뎌 나자빠지기도 한다. 낙엽 쌓인 길에서 '쫄끄닥' 미끄러져 엉덩방아를 찧는 건 예사이다.

산은 수많은 위험이 도사리고 있으나 시치미를 뚝 떼고 모르는 체한다. 왜 미리 경고라도 해주지 않았느냐 물으면, 역시 산은 입을 꽉 다문 채 묵묵부답 말이 없다.

산행은 끝날 때까지 끝난 게 아니다. 산문을 나설 때까지 주의하고 긴장해야 한다. 그렇지 않으면 크고 작은 사고가 끊임없이 일어날 수밖에 없는 곳이 산이다.

그럼에도 불구하고, 나는 왜 산에 가는 걸까?

산에만 들어서면 세속에 찌든 잡스러운 마음과 당치도 않은 허욕, 쌓였던 스트레스가 슬그머니 사라진다. 찌뿌듯한 몸과 마음이 상쾌하게 바뀌고, 소진된 삶의 에너지가 충전되며 온몸에 활기가 차오른다. 청량한 산바람과 숲의 향기에 취할 수 있는 건 또 얼마나 좋은가. 계절에 따라 날씨에 따라 높이에 따라 바뀌는 산의 모습은 사랑스럽기까지 하다. 그러니 어찌 가지 않고 배기랴.

해외 고산은 어떠한가?

히말라야 8,000m급 고봉 14좌를 최초로 완등한 사람은 이탈리아 산악인 라인홀트 매스너이다. 그가 초오유산(8,201m) 정상에 올랐을 때, 함께 오른 한스 카머랜더가 기진맥진 넋이 나간 상태로 주저앉아 물었다.

"우리는 무엇을 찾아 여기에 온 걸까요?"

고산에 가면 고산증세에 시달려야만 한다. 높이 오를수록 산소의 양이 점점 줄어들어, 머리가 아프고 속이 메스껍고 숨이 가빠진다. 잠도 잘 오지 않고 먹을 게 있어도 목구멍으로 넘어가지 않는다. 이러다 죽는 건 아닌지, 죽음의 공포를 온몸으로 느껴야만 한다. 실제로 수많은 사람이 스러져 영영 돌아오지 못하고 있다.

그렇다고 경치가 좋은 것도 아니다. 나무 한 그루 풀 한 포기 없이 모든 생명체가 자취를 감추고 하늘 아래 적막하고 황량한 세상이 펼쳐져 있을 뿐이다.

그럼에도 불구하고, 왜 고산에 오르는 걸까?

그에 대한 답으로 산악인들 사이에 명언으로 회자되고 있는 말이 있다.

"그게 거기 있기 때문에(Because it is there)."

영국 산악인 조지 말로리가 기자의 물음에 대답한 말이다. 다른 사람들은 뭐라 답을 하는지, 그게 궁금해 산악인들을 볼 때마다 묻곤 했다. 오대산에 함께 오른 엄홍길 대장은 "산이 좋아서, 한계를 극복하고 싶어서."라고 한다. 에베레스트와 후지산을 함께 오른 허영호 대장은 "즐거움이 있기 때문에."라고 한다. 누군가는 "그냥 오르고 싶어서."라고 한다.

그렇다면 나는 왜 죽기 살기로 고산에 가는 걸까? 정상에 올라 환희와 고통이 뒤범벅된 채 느끼는 마음속 울림에 귀 기울여 봤다.

"성취감과 희열에 온몸이 뜨거워지고 심장이 팔딱팔딱 뛰고 있음을 느낀다. 그리고 행복이 파도처럼 밀려와 가슴이 벅차오른다."

그렇다. '행복이 거기 있기에(Because happiness is there)' 나는 산에 간다.

취미의 단계

맹물에 조약돌을 삶아 먹어도

"처음에는 골프를 즐기다가, 골프가 시들해지면 등산하고, 등산이 몸에 무리가 간다고 느끼면 자전거를 타지. 이게 취미의 단계라네."

함께 등산을 즐기던 어느 산우는 자전거를 타기 시작했다는 내 얘기를 듣고 그렇게 말했다. 그러니까 내가 취미의 단계를 차례대로 밟고 있다는 것이다.

그 얘기를 듣기 전에는, 취미에 그런 단계가 있는 줄 알지 못했다. 등산을 즐기다가 자전거를 타기 시작한 것도 어떤 단계를 밟기 위한 자의적인 변화는 아니었다. 이유는 오히려 단순했다. 그놈의 코로나 때문이었다.

코로나 팬데믹으로 몸도 마음도 움츠러든 채 지내던 어느 날이었다. 내가 다니던 헬스클럽에서 감염자가 나왔다. 내가 감염이 된 건 아니지만 감염자와 동선이 겹쳐 자가 격리를 해야 했다. 14일간의 자가 격리! 말이 14일이지, 억겁의 세월처럼 길게만 느껴지는 시간이었다. 그때 느낀 절대 고독과 무력감은 내 평생 처음 맛보는 별난 경험이었다.

사람이 사람을 피해야 하는 웃지 못할 현실에서, 내가 할 수 있는 것이라고는 집 앞 수목원이나 하천 길을 산책하는 것뿐이었다. 그러다 보니, 하루하루가 스트레스의 연속이었다.

그런 나에게 친구들은 자전거를 타라고 한다. 사람들을 접촉하지 않아도 되고, 운동도 되고, 스트레스까지 해소된다며, 코로나 시국엔 자전거만한 것이 없다고 말이다. 때마침 푹푹 찌는 더위가 한풀 꺾이면서 아침저녁으로 제법 시원한 바람이 불어왔다. 자전거 타기에 딱 좋은 계절, 가을에 접어들었다.

검은색 보안경이 부착된 헬멧에 마스크를 쓰고 거울 앞에 섰다. 그런데 거울 속에 어느 젊은 청년이 나를 바라본다. 어! 이게 누구야? 분명 나일 터인데, 얼굴이 모두 가려져 있으니, 어느 젊은이라고 해도 믿을 수 있을 정도로 그럴싸하다. 타임머신을 타고 그때 그 시절로 돌아간 것은 아닐까? 그러니까 1970년대 중반, 사이클을 타던 청년 시절로 말이다.

그땐 헬멧 없이도 잘만 탔기에, '이까짓 자전거쯤이야'라며, 자전거를 타고 하천 길로 나갔다. 그런데 아뿔싸, 순식간에 나뒹굴고 말았다. 빠르게 달리다 넘어진 게 아니라 천천히 조심하다 작은 돌멩이에 툭 걸려 힘없이 넘어졌다. 넘어지면서 손바닥으로 바닥을 짚어 손바닥이 얼얼했다. 바지에 묻은 흙을 툭툭 털고 집으로 돌아왔다.

맹물에 조약돌을 삶아 먹어도

위험하지도 않은 곳에서 왜 넘어졌을까, 곰곰이 되짚어봤다. 신체 반응 속도가 예전과 같지 않다는 생각에 정신이 번쩍 들었다. 청년 시절로 돌아간 줄로 알았는데 현실은 그게 아니었다. 그건 마음일 뿐이었다. 몸은 이미 칠십 줄에 들어섰다는 것이 부정할 수 없는 현실이었다. 현실을 자각하자 자전거 타기가 은근히 겁이 났다.

그렇다고 이대로 포기하기란 자존심이 허락하지 않았다. 그놈의 알량한 자존심 말이다. 오기를 앞세워 거듭 달리니 어느 정도 자신감이 붙어갔다. 엉덩이가 아픈 안장 통증도 서서히 적응이 되어갔다. 우물 안 개구리 신세를 면하려고 친구를 따라 안양천을 거쳐 한강까지 진출했다.

자전거를 타면서 내가 깜짝 놀란 점은 자전거를 타는 사람들이 생각보다 훨씬 많다는 것이다. 아마도 이러한 변화는 코로나가 한몫했지 싶다. 바이러스에 감염이 되지 않기 위해서는 사람 간 접촉을 피해야 하는데, 접촉 없이 할 수 있는 것은 그리 많지 않다. 자전거에 관심도 없던 나 같은 사람도 자전거를 타기 시작했으니, 자전거로 몰릴 수밖에.

또 하나 놀라운 사실은 모두 자전거 타는 실력이 수준급이라는 것이다. 공공자전거 '따릉이'를 탄 사람들만 천천히 달릴 뿐, 대부분은 날아가다시피 달린다. 그들이 내 옆을 '쉭~쉭' 대며 빠르게 스쳐 지나가면, 나는 그들을 따라잡으려고 있는 힘을 다하여 페달을 밟아도 따라갈 수가 없다. 자전거가 다른 건지, 실력이 차이 나는 건지 모르겠다.

놀라운 것은 또 있다. 자전거를 타는 사람들이 하나같이 선남선녀라는 사실이다. 등산과는 복장부터 확연히 다르다. 몸매가 고스란히 드러나는 복장에 헬멧과 선글라스를 쓴 모습은 그야말로 청춘남녀이다. 중년의 아줌마 아저씨도, 노년의 할머니 할아버지도 청년으로 보인다. 하긴 내가 내 모습을 거울에 비춰 봐도 청년같이 보이는데 말해 뭐해.

쉼터에 앉아 잠시 쉬고 있는데, 때마침 한 무리의 여성들이 스쳐 지나간다. 이를 바라보던 친구의 농담에 한바탕 배꼽을 잡고 웃었다.

"저 여성들 몇 살이나 돼 보여?"

"글쎄, 얼굴이 안 보이니 감을 잡을 수 있어야지. 스타일만 보면 아가씨 같은데."

"헬멧 벗으면 깜짝 놀랄걸."

"왜? 쭈글쭈글해서?"

"완전 할망구야."

웃고 말았지만, 저 여성들도 우리를 보고 똑같은 말을 하는 건 아닌지 모르겠다. 헬멧 벗으면 쭈글쭈글 영감탱이라고. 확실히 자전거 타기의 매력 한 가지는 잃어버린 젊음을 잠깐이나마 다시 느끼는 것인 듯하다. 헬멧을 쓰고 안장에 올라 바람을 가르는 동안은 누구라도 청춘인 셈이다.

맹물에 조약돌을 삶아 먹어도

"갈 때의 오르막이 올 때는 내리막이다. 모든 오르막과 내리막은 땅 위의 길에서 정확하게 비긴다. 오르막과 내리막이 비기면서, 길은 결국 평탄하다."

자칭 '자전거 레이서'인 소설가 김훈의 에세이 '자전거 여행'에 나와 있는 글귀이다. 오르막과 내리막이 비기는 건 등산도 마찬가지이다. 두 다리를 연료 삼아 앞으로 나아가는 것도 마찬가지이다. 그렇다면 등산과는 무엇이 다를까? 자전거를 타기 전만 해도 나는 그 차이를 조금도 알지 못했다. 자전거를 타자마자 그 차이를 머리가 아닌 몸으로 단번에 알 수 있었다.

등산은 무거운 배낭을 짊어지고 두 다리로 땅을 박차며 앞으로 나아간다. 자전거는 배낭 따위는 필요 없이 가벼운 몸으로 안장에 앉아 두 다리로 바퀴를 돌리기만 하면 된다. 등산은 체중이 무릎에 고스란히 실리므로 관절에 무리가 가지 않을 수가 없다. 반면에 자전거는 무릎에 체중이 실리지 않으므로 관절에 무리가 가지 않는다. 그래서 취미에도 단계가 있으며, 등산 다음 단계가 자전거라고 하는가 보다.

어찌어찌 내 몸과 세상에 맞추어 살다 보니, 단계를 밟아 자전거에 이르렀다. 오늘도 나는 두 바퀴로 쌩쌩 달린다. 애벌레가 껍질을 벗고 한 마리 나비가 되어 날개를 활짝 펴고 훨훨 날아가듯이.

끓는 물 속의 개구리

맹물에 조약돌을 삶아 먹어도

바깥 날씨가 추워도 너무 춥다. 머리가 시리고 손가락이 아리다 못해 하얗게 변한다. 주머니에 손을 넣고 핫팩을 주무른다. 이럴 때는 그곳에 가야 한다. '끓는 물 속의 개구리'가 되더라도.

내가 그곳에 가기 시작한 건 사십 대 중반부터이다. 그때 앉아 있기도 힘들 만큼 건강이 무너지면서, 온찜질을 하러 그곳에 가기 시작했다. 온탕에 몸을 담그면 잠시뿐이었지만 통증이 스르르 사라졌다. 그게 좋아 틈만 나면 그곳에 갔다. 어느 땐 아침저녁으로 가서 온탕에 몸을 담갔다. 그렇게라도 해야 그나마 버틸 수 있었다.

등산하고 곧장 그곳에 가는 것도 참 좋았다. 따끈한 물에 몸을 담그면 긴장했던 근육이 풀리고 체내에 쌓인 젖산이 분해되어 몸과 마음이 날아갈 듯 개운했다. 그런데 그게 무릎에 좋지 않다는 말을 들었다. 등산하며 물렁물렁해진 무릎 연골이 뜨거운 물에 흐물흐물해져 망가진다는 것이다. 그 얘기를 듣고 나서는 등산을 하면 그 이튿날 갔다.

한여름 삼복더위에도 이열치열로 생각하고 그곳에 갔다. 무더위에 땀을 뻘뻘 흘리고 또 그곳에서 땀을 내는 기분이란 말로 표현할 수 없이 좋았다. 축 늘어진 몸과 마음에 활기가 차올랐다. 그렇게 맛을 들이고, 이십 년 이상 일편단심 민들레였다.

온탕에서 수증기가 자욱하게 피어올라 내 몸을 감싼다. 옆에는 덩치 좋은 젊은 남자가 몸을 반쯤 담근 채 눈을 감고 있다. 그런데 물에 잠기지 않은 등과 팔에는 용 한 마리가 꿈틀댄다. 여의주를 입에 물고 금방이라도 하늘을 향해 날아오를 것만 같다. 신비로운 기운이 서려 있는 것만 같아 눈길을 거둘 수가 없다. 아무리 봐도 이건 문신이 아니라 예술 작품이다.

문신은 한때 조폭의 상징이었다. 1990년대에는 공공장소에서 문신을 드러내면 공포감을 조성한다는 이유로 잡아갔다. 요즘은 '타투'라는 이름으로 불리며 부정적인 인식이 많이 줄어들었다. 연예인이나 젊은 여성이 작고 귀여운 문신으로 개성을 드러내고 거리를 활보하는 모습을 심심찮게 볼 수 있다. 어디 그뿐인가. 귀, 코, 입술, 혀에 피어싱하고 이빨에 보석을 박기도 한다. 예뻐 보이면 남의 눈치를 보지 않고 뭐든지 하는 시대이다.

그리고 보니 어우동이 떠오른다. 조선시대 기녀였던 어우동은 정을 맺었던 남자들의 이름을 자기 몸에 문신으로 새겨 흔적을 남겼다. 그 흔적이 증거가 되어 숱한 남자들이 잡혀 들어갔다. 그게 '조선왕조실록'에 실려 있다고 한다. 지금도 그렇지만

　　　　　맹물에 조약돌을 삶아 먹어도

예전에도 불만 보면 죽는 줄도 모르고 무작정 날아드는 부나비 같은 인간들이 꽤 있었던 모양이다.

별별 생각에 잠겨있다 보니, 몸이 따뜻하게 데워진다. 온탕에서 열탕으로 옮겨 몸을 담근다. 데일 정도로 뜨거운 열기가 온몸에 파고들며 짜르르 퍼진다. 이러다 화상을 입는 건 아닌지 걱정이 되면서도, '어이구, 시원해!'라는 말이 저절로 나온다. 반신욕을 하던 사람이 탕 밖으로 나가는데 배꼽 위는 허옇고 그 아래는 뻘겋게 익었다. 문득 너나 나나 한 마리의 개구리가 아닐까, 라는 생각이 든다. 미지근한 물에 개구리를 넣고 서서히 끓이면 자신이 삶아지는지도 모르다가 죽는다는 '끓는 물 속의 개구리' 말이다.

어떤 사람은 부지런히 온탕과 냉탕을 번갈아 드나드는데 코를 벌렁거리며 세상 시원하다는 표정이다. 언젠가 나도 냉탕에 들어간 적이 있는데 온몸에 소름이 쫙쫙 돌고 머리카락이 쭈뼛대며 심장이 멎는 것 같았다. 그 뒤로는 아예 냉탕에 들어갈 엄두를 내지 못한다.

한증을 하여 땀을 내면 좋다는데 솔직히 어디에 어떻게 좋은지는 모르겠다. 맥반석 사우나, 소금 사우나, 적외선 사우나로 구분하여 칸막이를 해놨는데, 나는 그냥 사람이 적은 곳으로 들어간다. 문을 열고 들어서자 뜨거운 열기가 입과 코를 통해 훅 들어온다. 벌겋게 달아오른 몸에 땀을 줄줄 흘리며 모래시계를 바라보던 사람이 모래가 다 떨어져 내리자 다시 뒤집어놓고 또

모래시계를 노려본다. 보아하니 투실투실하게 찐 살을 어지간히 빼고 싶은 모양이다. 나는 뺄 살도 없거니와 숨이 막히는 것 같아 잠시 땀을 내는 둥 마는 둥 하다 뛰쳐나온다.

수중 안마탕에 들어가 벽에 기대앉아 스위치를 누른다. 고압의 물이 솟아 나오며 등을 두드린다. 얼마나 시원한지 스위치를 세 번이나 누르고 수중 안마를 즐긴다. 잠이 소르르 밀려오고, 이대로 한숨 푹 자면 세상 부러울 게 없을 것만 같다. 아쉬움을 뒤로 하고 탕을 나온다.

사우나가 없었으면 무슨 낙으로 사나 싶게 틈만 나면 들락날락한다. 그토록 즐겁고 개운한데, 삼 년 동안 한 번도 가지 못했다. 사우나가 문을 닫아서가 아니라 그놈의 코로나에 발목이 잡혀서이다.

그놈이 슬그머니 꽁무니를 빼면서, '끓는 물 속의 개구리'가 되더라도 나는 그곳에 간다.

맹물에 조약돌을 삶아 먹어도

나의 봄날은 임과 함께

만물이 생동하는 봄은 밤낮없이 분주하다. 숲속에서는 나무들이 연초록 잎을 틔워내고, 신바람 난 다람쥐들이 나무에 오르내린다. 여기저기서 봄꽃들이 앞을 다투어 꽃망울을 터트리고, 벌과 나비들이 매혹적인 향기에 취해 춤을 춘다. '꽃 피자 임 오신다.'라고 한다. 버스 지나간 뒤 손 흔들면 애들이 웃는다. 늦기 전에 그곳에 가야 한다.

짙푸른 바다가 끝없이 펼쳐진 장고항 포구에는 어선들이 닻을 내리고 바다의 품에 안겨있다. 갈매기 너덧 마리가 '끼룩~끼룩' 대며 수평선 위를 가로지르고, 한 마리는 방파제에 앉아 수면을 바라보다가 인기척을 느꼈는지 고개를 돌려 나를 힐끗 쳐다본다. 바람이 수면 위를 부드럽게 스쳐 지나자, 잔물결이 일고 어선은 잔잔히 흔들린다. 마치 아기를 재우기 위해 조용히 흔들리는 요람처럼.
장고항 일대는 여기도 실치, 저기도 실치, 온통 실치로 넘쳐난다. 횟집이 줄지어 있으나 점잔 빼고 들어가고 싶지는 않다. 바

　　　　　맹물에 조약돌을 삶아 먹어도

다와 어선과 갈매기들이 한눈에 보이는 수산물 유통센터에 들어선다.

장고항 앞바다에 사는 모든 해산물이 다 모여 있는 걸까. 실치는 기본이고 우럭, 광어가 있다. 오징어, 갑오징어가 있고 꼴뚜기, 귀꼴뚜기도 있다. 주꾸미, 낙지, 멍게도 있다. 꿈틀대며 펄떡이는 것이 방금 바다에서 뛰쳐나온 듯하다. 시장같이 정겹고 넉넉한 분위기에 마음도 푸근해진다.

실치는 베도라치의 치어이다. 성어인 베도라치는 거무튀튀한 미꾸라지처럼 생겨 잘생긴 것도 아니고, 낚싯바늘을 통째로 삼켜 낚시꾼들이 기피하는 대상이다.

그런데 치어인 실치는 생겨도 참 잘생겼다. 몸통의 폭은 0.2~0.3cm, 길이는 4~5cm, 실처럼 가느다랗다고 하여 실치라 부른다. 피부가 뽀얗고 부드러우며 몸매가 국수 가락처럼 길고 매끄럽고 날씬한 게 어디 하나 흠잡을 데 없다. 하얀 몸통에 검은색 작은 점 하나가 박혀있는데, 그게 검은깨가 묻어있는 줄 알았다. 그런데 그게 검은깨가 아니라 눈이다. 이토록 귀엽기까지 한데 이걸 먹어야 하나, 말아야 하나.

실치를 한 젓가락 집어 입에 쏙 넣는다. 워낙 연하고 부드러워 씹을 것도 없이 살살 녹아 목구멍을 타고 술술 넘어간다. 비릿한 바다 냄새가 온몸에 스며드는 것이 장고항 앞바다를 통째로 먹는 기분이다.

오이, 깻잎, 당근, 양배추, 상추 등 야채에 초장을 넣어 실치와 버무린다. 보기만 해도 나도 모르게 침이 넘어간다. 실치 특유의 비릿한 향에 새콤달콤한 맛이 절묘하게 어우러져 입안 가득 퍼진다.

흰쌀밥에 버무린 실치를 넣어 젓가락으로 살살 비벼 한 수저 뜬다. 시금치를 넣고 된장을 풀어 끓인 실치국은 시원하면서 칼칼하고 개운하기까지 하다. 포구에서 작은 음악회라도 열린 걸까? 귓가에 속삭이듯 들려오는 끼룩대는 갈매기 소리와 철썩이는 파도 소리는 입맛을 돋운다.

봄과 함께 찾아오는 임은 실치말고도 밴댕이가 있다. 두 임은 서로 많이 닮았다. 생김새가 닮은 게 아니라 습성과 생태가 닮아도 너무 닮았다. 실치의 성어인 베도라치는 깊은 바닷속 돌 틈이나 해초에서 살아간다. 겨울에 해초에 알을 낳고, 봄에 알을 깨고 나온 치어가 조류를 타고 수심이 얕은 연안으로 이동해 자란다. 그 시기가 3월 말에서 5월 초이다. 그때가 지나면 몸통이 커지면서 눈도 커지고 뼈도 굵어져 회로는 만날 수 없다. 몸통을 키운 실치는 다시 깊은 바다로 돌아간다.

밴댕이도 깊은 바다에 살다가 수심 얕은 곳에 잠시 나와 잽싸게 살을 찌우고 알을 낳는다. 그 시기가 5월 중순부터 6월 하순이다. 그러고는 실치처럼 다시 깊은 바다로 사라진다.

실치는 성질이 얼마나 급한지 그물에 걸려 올라오면 한 시간

맹물에 조약돌을 삶아 먹어도

도 못 견디고 죽어버린다. 밴댕이는 실치보다 성질이 더 급하다. 그물에 걸리면 제 성질을 못 이겨 팔딱팔딱 뛰다가 금세 죽는다. 그러니 어떡해. 임이 떠나기 전에 서둘러 그곳에 가야지.

다행히 두 임은 시차를 두고 온다. 한 임은 봄꽃이 필 때, 다른 임은 따사로운 봄볕이 뜨겁게 내리쬘 무렵에 찾아온다. 오는 곳도 다르다. 한 임은 당진 장고항에, 다른 임은 강화 선수포구에 온다. 같은 시기 같은 장소에 두 임이 동시에 오면 어쩔 뻔했나 싶다. 어느 한쪽만 만나면 질투와 원망이 대단할 텐데, 나는 그걸 감당할 위인이 되지 못한다.

꽃이 피면 솔솔 부는 바람이 꽃잎을 살짝 흔들어 꽃향기를 실어 오고, 꽃바람을 타고 임 소식이 들려온다. 임을 만나기 위해 열 일 제쳐두고 서둘러 그곳에 간다.

나의 봄날은 그렇게, 임과 함께 흘러간다.

가을, 안성맞춤

맹물에 조약돌을 삶아 먹어도

봄과 가을이 짧아졌다. 봄이 왔다 싶으면 이내 여름이고 가을이 왔다 싶으면 바로 겨울에 접어든다. 지구 온난화로 인해 일어나는 현상이라고 하지만, 이러다가 봄가을이 아예 없어지는 건 아닌지 모르겠다. 겨울이 오기 전에 가을을 맛봐야 하지 않을까.

가을이 왔다. 물러가지 않을 것 같던 폭염이 거짓말처럼 물러가고 그 자리에 가을이 들어섰다. 폭염이라는 녀석은 뭐가 그리 급한지, 6월부터 찾아와 추석이 지날 때까지 떠날 생각조차 하지 않았다. 예년에 비해 온도계 눈금 몇 개 더 올라갔을 뿐인데 몸은 물론 마음까지 축 처진 나날이었다. 늦게나마 가을비가 추적추적 내리더니 엿가락 늘어지듯 축 늘어진 몸과 마음에 다시 생기가 감돈다.

서운산 기슭에 자리한 석남사에서 숲길에 들어선다. 뒤늦게 찾아온 가을이기에 큰 기대를 하지 않았다. 그런데 어느새 산 전체가 곱게 물들었다. 잘 닦여진 숲길은 색색으로 물든 단풍이 가을바람에 살랑살랑 춤을 춘다. 일 년 만에 보는 단풍이 임을 본 듯 반갑기만 하다.

계곡을 따라 펼쳐진 그림 같은 가을 풍경, 나뭇잎 사이로 쏟아지는 청명한 가을 햇살, 숲속을 드나드는 맑은 공기에서 가을 냄새가 물씬 풍긴다. 누군가 가을을 일러 사색의 계절이라고 했다. 맞는 말이다. 어리석은 나조차 사색에 잠기는 걸 보면 맞는 말임이 틀림없다.

한때는 짙은 녹음으로 왕성한 혈기와 넘치는 정열을 뽐냈을 나무들이 아닌가. 그런 나무들이 찬바람이 불어오자 광합성을 멈추고, 가는 세월이 아쉬워서인지 한껏 치장하고 울긋불긋 고운 옷을 차려입었다. 그래 봤자 젊은 시절로 되돌아갈 수는 없을 터이다. 그래서인지 그 모습이 화려하지는 않으나 수수하면서도 아름답다. '단풍, 참 곱다'라는 말이 저절로 나온다.

문득 당나라 시인 두목(杜牧)의 시, '산행(山行)' 한 구절이 떠오른다. 단풍이 아무리 곱다 한들 청춘을 상징하는 봄꽃보다 더 곱기야 하겠느냐만, 시인은 '서리 맞은 단풍이 봄꽃보다 붉다'고 노래했다.

"霜葉紅於二月花(상엽홍어이월화)"
서리 맞은 잎이 이월의 꽃보다 붉구나.

누군가 저만치 단풍나무 아래에 납작 엎드려 사진을 찍고 있다. 서울 남 교장이다. 사진작가인 그의 눈에 포착되면 뭐든 작품이 된다. 간혹 그가 찍은 사진을 보곤 하는데 그때마다 감탄을 금치 못한다. 칠십 대 중반을 넘긴 나이가 믿기지 않게 등산은 기본이고 사진이면 사진, 조각이면 조각, 수석이면 수석, 못하는 게 없는 팔방미인이다. 나이는 숫자에 불과하다는 말이 괜한 말이 아님을 실감하곤 한다.

요즘 손주들의 재롱에 푹 빠져 시간 가는 줄 모른다는 부산 김 교장의 발걸음은 변함없이 경쾌하다. 뛰어난 하모니카 연주자여서인지 그와 함께 걷고 있으면 하모니카 소리가 들려오는 듯하다. 얼마 전 노벨문학상을 수상한 한강 작가의 작품세계에 대하여, 그의 책을 하나하나 열거하며 들려준다. 문학적 감성이 풍부한 평론가다운 면모가 엿보인다.

상서로운 구름이 흐른다는 서운산(瑞雲山). 이런저런 얘기를 나누며 오르다 보니 금세 정상이다. 산은 그리 높지 않으나 평야지대에 우뚝 솟아 평택과 안성 일대를 굽어보고 있다. 이름 그대로 상서로운 구름이 흐르는 걸까. 고개를 들어 하늘을 바라본다. 역시 가을 하늘은 푸르고 높다. 높고 파란 하늘에 목화송이 같은 흰 구름 한 덩이가 덩그러니 떠 있다. 그런데 서기가 감도는 것 같기도 하고 아닌 것 같기도 하다.

바람이 불어온다. 선선한 가을바람이 기분 좋게 옷깃을 스친다. 그랬다. 킬리만자로 정상에 섰을 때도 바람이 불어왔다. 그때 행복했던 감회가 가슴속에서 뭉클 솟아오른다.

"한 줄기 바람 소리가 들려왔다. 숨을 깊이 들이마셨다. 킬리만자로의 청량한 기운이 가슴 깊이 스며들었다. 고개를 들어서 주위를 둘러봤다. 그곳은 분명 정상이다. 벌거벗은 정상의 모습만 사진으로 봤는데, 눈 덮인 정상에 선 것이다. 그제야 온몸에 행복이 스멀스멀 솟아 올라왔다."

어느 나무는 단풍 들 생각조차 하지 않고 누렇게 물든 마른 잎을 달고 있다. 또 어느 성질 급한 나무는 이미 잎을 다 떨어뜨리고 알몸으로 서 있다. 남들 밥 반 그릇 먹기도 전에 뚝딱 한 그릇 비우고는 멀뚱멀뚱 앉아 있는 나의 급한 성질과 빼어 닮았다. 떨어진 낙엽은 이리저리 굴러다니며 발걸음을 푹신하게 만들어준다.

오늘 두 눈이 호사를 누린 건 하 교수 덕분이다. 그는 서운산 단풍이 아기자기하고 예쁘다며 가을 산행지로 추천하고 초청했다. 서운산은 단풍만 좋은 게 아니라 진달래와 철쭉이 능선을 따라 군락을 이뤄 사계절이 아름답다고 설파하는 하 교수의 목소리는 여전히 하이톤이다. 하이톤의 목소리 때문에 종종 오해를 받는다며, 전화를 받으면 혹시 여자가 아니냐고 묻는 일이 더러 있다고 한다. 그는 지난해 금속공예 부문 안성맞춤 명장에 오르는 영예를 안았다.

숲길을 함께 걸으며 가을을 만끽한 남 교장, 김 교장, 하 교수와는 각별한 인연이 있다. 오 년 전 아프리카 최고봉 킬리만자

맹물에 조약돌을 삶아 먹어도

로 정상(표고 5,895m)에 오를 때 사생동고(死生同苦)를 함께했었다. 그때 인연이 닿아 해마다 봄가을 산행을 함께하며 우정의 끈을 이어오고 있다.

산행을 마치고, 김 교장이 소회를 밝힌다.

"오늘 산행은 안성맞춤이었습니다. 날씨도, 단풍도, 시간도, 코스도…."

어쩜 그렇게 한마디로 적절하게 표현할까. 역시 김 교장이다.

봄꽃보다 아름다운 단풍, 단풍 같은 임들과 함께, 가을에 흠뻑 취한 안성맞춤 산행이었다.

이제 무슨 재미로 사나

맹물에 조약돌을 삶아 먹어도

스트레스를 받지 않고 살아가는 사람이 있을까? 성인군자도 피해 갈 수 없는 게 스트레스라고 한다. 살아간다는 자체가 스트레스의 연속이라는 말일 것이다. 정도의 차이는 있겠으나 너나없이 스트레스를 받으며 살아간다. 누군가는 건강상의 문제로, 누군가는 경제적인 문제로, 또 다른 누군가는 가족으로부터, 주변 사람들로부터.

이놈의 불청객은 예고도 없이 불쑥불쑥 찾아온다. 감당키 어려운 무지막지한 놈이 찾아오면 육체적으로나 정신적으로 피폐해지고 각종 질병에 시달리는 것은 물론 목숨까지 내줘야 한다.

하지만 불청객이라고 다 민폐를 끼치는 것은 아니다. 나태함에서 벗어나게 해주고 긴장감과 활력을 불러오기도 한다. 동물원의 사자를 보자. 이 녀석들은 먹이를 사냥할 필요가 없으니, 때와 장소를 가리지 않고 늘어지게 잠을 잔다. 그런 사자를 사육사가 자동차로 일부러 치려고 하면 잽싸게 피하며 스트레스를 받는다. 그 스트레스가 사자의 건강을 유지해 주는 유일한 방법이라고 한다. 어떤 객이 찾아오느냐에 따라, 또 어떻게 대처하느냐에 따라 삶의 질은 달라질 수밖에 없다.

불청객을 맞이하는 방법은 사람마다 다르다. 술과 노래로 잔치를 벌이는 사람도 있고, 상대조차 하지 않겠다며 늘어지게 잠을 자는 사람도 있다. 폭식을 하는 사람도 있고 수다를 떨거나 영화를 보며 해소하는 사람도 있다. 나도 한때는 술을 마시거나 노래를 부르며 해소했다. 그러나 술을 끊고부터는 노래 부를 일도 없어졌다. 술과 노래가 멀어지자 의지할 곳이라고는 담배밖에 없었다. 몸에 좋지 않다는 것을 뻔히 알면서도 피울 수밖에 없었다. 흡연하면 니코틴 효과 때문인지 일시적이나마 스트레스가 풀리고는 했다.

사실 담배를 피운다는 것은 그 자체가 스트레스이다. 담배를 주머니에서 꺼내는 순간부터 스트레스는 시작된다. 담뱃갑에는 흡연으로 각종 질병에 시달리는 사람들의 흉측한 환부가 선명하게 드러난 사진이 붙어있고, 그걸 눈으로 봐야만 한다.

예전처럼 방 안에 재떨이를 놓고 마음 편하게 피울 수도 없거니와 이 사람 저 사람 눈치도 봐야 한다. 흡연 장소도 찾기 힘들다. 어쩌다 거리에서 한 개비 피워 물면 지나는 사람들의 따가운 눈총을 감수해야 한다.

담배를 피우지 않는 사람들은 냄새를 맡고 가까이 오지도 않는다. 하긴 그 마음도 이해가 간다. 담배를 잠시 끊었을 때 담배를 피운 사람이 가까이 오면 속이 니글댈 정도로 역겨웠으니까 말이다. 흡연 자체가 왠지 떳떳하지 못한 짓을 하는 거 같다는 생각마저 들기도 한다.

그게 싫어 여러 차례 끊기도 했다. 그러나 스트레스를 받으면 참다 참다 결국 다시 찾게 된다. 흡연자 대부분이 그렇다. 해가 바뀔 때마다 새롭게 다짐하는 것 중의 하나가 금연이다. 그러나 작심삼일로 끝나고는 한다. 흡연 욕구를 억지로 참는다는 것은 '참아야' 한다는 스트레스를 불러오기 때문이다. 내가 아는 사람 중에 담배를 끊고 얼마 안 되어 생사를 달리한 사람도 있다. 그는 직장 분위기 때문에 자의 반 타의 반으로 금연을 시작했으나, '참아야' 한다는 스트레스에 오히려 건강을 해쳤던 모양이다.

내가 담배와 처음 만난 것은 군에 입대했을 때이다. 훈련병 시절 화랑 담배 한 개비 피워 물며 힘든 훈련을 잠시나마 잊을 수 있었다. 그 달콤함에 길들어 힘들거나 스트레스를 받으면 담배부터 피웠다. 햇수로 50년 넘게 피웠으니 내 장기 모두가 니코틴에 절어있을 것만 같다. 어쨌든 스트레스를 해소하는 데에는 담배가 혁혁한 공을 세운 셈이다. 내게는 약이자 독인 담배.

그런 담배에게 다시 한번 이별을 고한다. 어쩐지 마음부터 허전하다. 그토록 애지중지하다가 하루아침에 내팽개친 나에게, 담배는 아마도 배신감을 느낄 것이다. 그에 대한 보복인지 소화도 잘되지 않고, 잠도 잘 오지 않고, 마음이 안정되지 않는다. 신문 한 줄을 읽어도 머릿속에 들어오지 않아 거듭 읽기도 한다.

내가 담배와 헤어진 것을 안 사람들은 두 가지 반응을 보인다. 하나는 백해무익한 것과 잘 헤어졌다며, 대신 술과 가까이하라고 한다. 뭔가 하나는 해야 사는 재미가 있다는 것이다. 하지만 그건 안 될 말이다. 술을 마시면 기분이 업되고 스트레스 해소에 분명 도움이 된다. 그러나 뭇사람들의 비아냥거림을 견디며 끊은 술을 다시 마신다는 것은 나 자신과의 약속을 스스로 버리는 것이기에 용납이 되지 않는다.

다른 하나는 그 좋은 것과 왜 헤어졌냐며, 계속 가까이하라고 한다. 나이를 먹어 늙으면 주변 사람들도 하나둘 모두 떠나고 곁에 남아있는 것이라고는 술과 담배밖에 없더라고 한다. 노년의 변함없는 친구는 그것밖에 없다고, 그거나마 친구로 해야 외로움을 견딜 수 있다고, 그것 때문에 꼭 일찍 죽는 것은 아니라고, 그냥 피우라고 한다.

언젠가 이런 말을 주워들었다. 술은 마셨으나 담배는 피우지 않은 주은래는 79세까지 살았다. 술도 마시고 담배도 피운 모택동은 83세까지 살았다. 술도 마시고 담배도 피우고 카드도 즐긴 등소평은 93세까지 살았다. 술, 담배, 카드 모두 즐기고 애인까지 있었던 장학량은 103세까지 살았다. 반면 술, 담배, 카드 모두 즐기지 않고 애인까지 없던 레이펑은 23세에 사망했다고 한다.

맹물에 조약돌을 삶아 먹어도

이를 보면 술, 담배, 카드, 애인, 이 모두가 스트레스를 줄여 무병장수하는 데 한몫한다고 볼 수 있지 않을까? 그렇다면 담배를 계속 피고 술을 다시 마시고 카드도 하고 애인까지 만들어야 하는 것은 아닌지 모르겠다.

술도 담배도 카드도 애인도 모두 포기한 나는 무병장수를 바라서는 안 되는 것일까? 백 세까지 산다 한들, 이제 무슨 재미로 사나.

5부

축복인가 재앙인가

3박 4일의 여름휴가

누군들 사고가 일어나길 바랄까. 모든 사고는 아무런 예고도 없이 불쑥 찾아오기에 속수무책으로 당할 수밖에 없다. 그것도 순식간에.

그날 나는 안양천 자전거 길을 달리고 있었다. 지면을 뜨겁게 달군 한낮의 후끈한 열기가 얼굴에 끼치며 무더운 날씨를 실감케 한다. 그러나 자전거는 바람을 가르며 달리기에 그다지 덥게 느껴지지는 않는다.

나보다 더 천천히 가는 자전거가 앞에서 알짱대기에 옆으로 치고 나가 추월하려고 속도를 높였다. 그 순간 앞서가던 자전거가 비틀대나 싶더니 내 앞으로 쑥 튀어나왔다.

"어! 어!", 급히 브레이크를 잡으며 핸들을 꺾었다.

'꽈다당~', 다행히 추돌은 피했으나 내가 나가떨어지고 말았다. 정말 눈 깜박할 사이였다.

바닥에 무릎과 어깨가 쓸려 피가 배어 나왔다. 손으로 어깨를 만져보니 일직선이어야 할 쇄골 중간이 계단처럼 꺾어 있었다.

어깨에 매달린 팔은 내 의지대로 움직이지 않고 축 늘어진 채 덜렁거렸다. 나도 모르게 신음 비슷한 소리를 토해냈다.

"드디어 올 것이 왔구나!"

속이 메스껍고 현기증이 나고 식은땀이 흘러나왔다. 쓰러진 자전거를 겨우 일으켜 세워 갓길로 옮기고 벤치에 드러누웠다. 나는 거의 제정신이 아니었다. 오직 병원에 빨리 가야 한다는 생각뿐이었다. 오늘따라 홀로 나왔기에 도움을 청할 사람도 없다. 119구급차를 부를까 말까, 휴대폰을 몇 번이나 들었다 놨다 했다. 그러는 사이에 조금씩 안정이 되어갔다. 어떻게 왔는지 모르게 집에 돌아와, 옷을 갈아입고 바로 병원에 갔다.

짐작대로 어깨뼈가 부러진 게 엑스레이 사진에 뚜렷하게 나타났다. 입원 절차를 밟고, 이런저런 검사를 받았다. 다행히 골절 외에 신경, 인대, 혈관은 손상이 되지 않았으며 골다공증이 있는 것도 아니었다. 담당 의사는 내 몰골이 딱하게 보였던지 측은한 눈길로 나를 바라보며 입을 열었다.

"어쩌다 이렇게 되셨어요?"

"자전거를 타다 넘어졌습니다."

"요즘 연세 높으신 분들이 골절상으로 많이 오시는데, 열에 일고여덟은 자전거를 타다 넘어지신 분들입니다."

아, 연세 높은 분이라니! 나도 이제 보통 연세가 아니라 높은 연세라는 말인가? 새삼 '높은 연세'라는 말이 가슴에 파고들었다.

그러나 병실에서는 '높은 연세' 대접을 전혀 받지 못했다. 같은 병실을 쓰는 중년 환자는 매우 예민하게 굴었다. 나는 병실이 추워 간호사에게 실내 온도를 조금만 높여달라고 하고 옷장에서 겉옷을 꺼내 겹쳐 입었다. 그때 그 중년 환자는 옷장 번호 키 누르는 '삑, 삑' 소리를 에어컨 리모컨 버튼 소리로 잘못 알아듣고, 왜 실내 온도를 높이느냐며 짜증을 냈다. 이거야 원, 병실 고참이라고 텃세하는 거야 뭐야. 정작 그 자신은 조심성은 고사하고 기본 매너조차 없었다. 텔레비전 볼륨을 높이고, 큰 목소리로 통화하고, 늘 뭔가를 부스럭거려 주위를 어수선하게 만들었다. 저녁밥을 먹고 밥상을 밖에 내놓으면서 그를 보니, 밥을 다 먹고 앉아있었다. 어쩌나 보려고 그에게 다가갔다.

"밥상을 내놓아 드릴까요?"

"예. 고맙습니다."

사양은커녕 기다렸다는 듯이 대답한다. 그로부터 그의 태도가 확 달라지는 걸 느낄 수 있었다. 나는 속으로 중얼거렸다.

"이런 사람 어딜 가나 꼭 있어."

조금이라도 움직이면 통증이 몰려와 앉았다가 눕기도 불편하고 뒤척일 수도 없는 고통스러운 밤이 지나갔다. 다음 날 오전, 수술을 받았다. 마취가 되고 수면 상태여서 어떻게 수술을 받았는지는 알 수가 없다. 다만, 부러진 뼈에 금속판을 대고 접합시킨다는 얘기를 수술 전 주치의에게 들었을 뿐이다. 수면에서 깨

맹물에 조약돌을 삶아 먹어도

어나고, 수술이 잘되었다는 말에 안도의 한숨을 내쉬었다.

코로나 감염의 우려로 간병인은 물론 보호자조차 통제하여 홀로 병상에 있었다. 다친 부위가 오른쪽이 아닌 왼쪽 어깨인 것에 새삼 감사했다. 불편하긴 해도 오른손잡이인 내 생활에 지장을 초래할 정도는 아니었다. 또한 두 발로 걷는 게 주특기인 나는 다리를 다친 것이 아니어서 그나마 천만다행으로 여겨졌다. 침대에 발이 묶였다면 그 답답함을 어찌 견디랴.

수액을 팔에 꽂고 침대에 누워 시간 맞춰 나오는 밥을 꼬박꼬박 받아먹었다. 1식 5찬, 밥 한 톨 김치 한 조각 남기지 않고 싹싹 비웠다. 이렇게 맛이 좋은데, 밖으로 사 먹으러 나가는 사람이 있다.

밥을 먹고는 누운 채로 텔레비전을 보거나 천장만 멀뚱멀뚱 바라본다. 그러다 기분 좋은 나른함이 온몸에 스며들며 두 눈이 스르르 감기면, 그대로 달콤한 낮잠에 빠져든다. 그러다 보니 밤낮의 구분조차 없어졌다. 내 평생 이토록 편하게 지내보기는 처음이다. 어쩌면 내가 있는 이곳이 인간계가 아니라 선계가 아닐까 하는 생각마저 든다.

삼복더위가 기승을 부리는 이때, 예고도 없이 찾아온 사고 덕분에 에어컨이 빵빵한 호텔 같은 병원에서의 3박 4일. 칠십 평생 처음 맛보는 넉넉하면서도 호젓한 여름휴가였다.

다시 날아오를 수 있을까

맹물에 조약돌을 삶아 먹어도

커다란 날개를 활짝 펴고 하늘을 빙빙 날다가 빠른 속도로 내리꽂아 근육질의 다리와 날카로운 발톱으로 순식간에 먹잇감을 낚아채 날아오르는 독수리. 하늘의 제왕, 독수리의 날개가 부러졌다. 다시 날개를 활짝 펴고 날아오를 수 있을까?

등산하고, 자전거를 타고, 헬스클럽에 다니며 활기찬 생활을 이어왔다. 환갑이 지나서도 혈기 넘치는 후배 산우들과 발걸음을 함께하며 백두대간과 9 정맥을 종주하고 전국 곳곳의 산을 찾아다녔다. 에베레스트, 킬리만자로 등 해외 고산을 찾아 훨훨 날아다녔다. 그러다가 한순간 날개가 부러졌다.

날개가 부러진 건 자전거를 타면서이고, 자전거를 타게 된 건 이놈의 코로나 때문이었다. 코로나 팬데믹으로 사람과 사람이 거리를 두다 보니 산우들과 함께 등산하거나 헬스클럽에서 운동하는 것이 주춤할 수밖에 없었다. 답답함이 가슴을 짓눌렀다. 그래서 자전거를 타기 시작했다.

자전거를 타보니 바람을 가르며 달리는 재미가 여간 쏠쏠한 게 아니었다. 스트레스도 해소되고 운동도 되고 활력에 찬 일상을 유지할 수 있었다. 그런 어느 날, 한순간 나뒹굴면서 어깻죽지가 부러졌다. 일 년도 채 되지 않아 그 쏠쏠한 재미가 멈춰서고 말았다.

나이가 들어 넘어지면 삶도 함께 넘어지는 걸까? 그로부터 활기차던 일상이 삐걱거리기 시작했다. 어깻죽지 접합수술을 받고, 그 후 팔 보조기를 하고, 그 뒤로도 한쪽 팔을 쓰지 못했다. 그러다 보니 뭐 하나 제대로 할 수 있는 게 아무것도 없었다. 할 수 있는 것이라고는 동네 공원이나 거리를 어슬렁거리는 것뿐이었다.

마음 같아서는 한걸음에 산으로 달려가거나 또다시 자전거를 타고 싶지만, 그럴 힘도 없고 겁도 난다. 자전거를 타거나 산길을 걷다가 넘어지거나 미끄러져 재수술해야 하는 끔찍한 생각이 자꾸만 머릿속에 떠오른다. 자전거가 사람 잡겠다며 그까짓 거 내다 버리라는 아내의 성화에 자전거도 이미 다른 사람에게 주었다.

평지를 어슬렁거릴 뿐인데도 무릎과 엉치가 아프다. 잠시 걷다가 두리번거리며 쉴 곳을 찾는다. 거기에 보폭이 줄어들고 걸음 속도가 눈에 띄게 느려졌다. 앉았다가 일어나려면 손을 바닥에 짚어야 하고 나도 모르게 신음이 흘러나온다. 영락없는 뒷방 늙은이이다.

맹물에 조약돌을 삶아 먹어도

무릎이 아픈 것은 몇 년 전 등산을 하다 미끄러져 무릎 부상을 입고부터이다. 그 후 무릎에 무리가 가면 물이 차고 통증이 와, 물을 빼내고 치료를 받으며 산행했다. 그런데도 산행을 할 수 있었던 것은 무릎 주변 근육이 살아있어서이다. 그러다 어깻죽지가 부러지면서 아무것도 못 하게 되자 근육이 급격히 줄어들어 평지 걷기에도 어렵게 되었다. 노인들이 한동안 입원했다가 퇴원하면 제대로 걷지 못한다는 말이 헛말이 아님을 실감할 수 있었다.

무릎이 아프니 아프지 않은 쪽 다리에 힘이 쏠리게 되고 나도 모르게 절룩거리게 된다. 또한 어깨가 정상이 아니니 잠을 잘 때 천장만 보고 자거나 한쪽으로만 누워야 한다. 그래서인지 멀쩡하던 엉덩이가 아프다. 거기에 팔꿈치까지 아프다. 뭐하나 들기는커녕 세수하기조차 힘들 때도 있다. 점점 근육이 줄어들고 통증이 심해지는 악순환의 고리에 빠져든 것만 같다. 계단을 오르내리며 힘들어하는 노인들을 보면 나에게도 그런 날이 올까 싶었는데, 이젠 남들이 나를 보고 똑같은 생각을 하지 않을까 싶다.

그런 어느 날, 길을 건너려고 횡단보도 앞에 섰다. 녹색 신호등이 빠르게 켜졌다 꺼졌다 하며 빨리 건너라고 재촉한다. 12, 11, 10 …, 숫자는 이미 7까지 줄어들었지만, 뛰어서 건너면 충분한 시간이라고 생각했다. 그래서 뛰어 건너다가 스텝이 꼬여 그만 도로 가운데서 넘어지고 말았다. 다리에 힘이 없어 내가 내 발에 걸린 것이다. 바로 일어나려 했으나 웬일인지 몸을 일으킬 수 없었다. 마치 개구리가 물에서 헤엄을 치듯, 나는 도로 위에서 허우적대기만 했다. 그 꼴을 본 주변 사람이 다가와 일으켜주었다. 바닥에 쓸린 얼굴은 여러 날 피딱지가 앉았다. 5까지 숫자가 줄어도 뛰어서 건너던 때가 엊그제인데, 이젠 마음뿐 몸이 말을 듣지 않는다. 그 일이 있고부터 아무리 급해도 신호등이 깜박거리기 시작하면 멈춰 서서 다음 신호를 기다린다.

누가 백세시대라고 했나? 내 나이 이제 칠십, 백 세는 바라지도 않지만 팔십이나 채울지 모르겠다. 백 세까지 산다고 한들 침대에 누워 지낸다면 그게 무슨 의미가 있을까. 내 몸 내 맘대로 움직이지 못하면 살아도 사는 게 아닌데. 사는 날까지 두 발로 걸어야 한다. 그래서 오늘도 걷는다. 평지도 걷고 둘레 길도 걷는다. 다시 날아오를 그날을 꿈꾸며.

다시 날개를 활짝 펴고 날아오를 수 있을까?

맹물에 조약돌을 삶아 먹어도

나라고 별수 있을까

웨스틴조선호텔 지하 주차장을 빠져나온 차는 역주행을 하며 가속하기 시작한다. 순식간에 마주 오는 차를 들이받고 횡단보도가 있는 인도로 돌진해 신호를 기다리던 사람들을 덮친다. 쓰러진 사람들이 여기저기로 튀고 차량의 파손된 잔해가 어지럽게 나뒹군다.

가짜 뉴스도 소설 속의 얘기도 아니다. 지난 여름밤, 시청역 앞에서 일어난 실제 사고이다. 이 사고로 9명이 목숨을 잃었고 7명이 크게 다쳤다. 사고를 낸 운전자는 68세의 남성이다. 그는 브레이크를 아무리 밟아도 듣지 않았다며 급발진 등 차량 결함이라고 주장했다. 그러나 조사 결과 운전 조작 미숙으로 밝혀졌다. 그거참, 운전 조작 미숙이라니.

비록 나이를 먹었다 해도 현직 버스 기사인 그가 운전 조작 미숙이라니 믿기지 않았다. 가만 생각해 보니 그때 사고 차량의 속력이 시속 107km였다. 고속도로도 아니고 도심에서 그 정도의 속력은 당황한 운전자가 액셀을 브레이크로 착각하고 있는 힘을 다해 밟지 않고서야 올라갈 수 있는 속력이 아니다. 그렇다면 그런 착각을 할 수도 있는 걸까? 나이를 먹으면 그럴 수도 있는 걸까?

사고 소식을 듣고 떠오른 건 '혹성 탈출, 진화의 시작'이란 영화의 한 토막이다. 영화 속 치매증이 있는 노인이 이웃집 차를 자기 차인 줄 알고 시동을 걸어 차를 빼려다 앞에 주차된 차를 들이받는다. 놀란 노인은 후진을 하다 또 뒤에 주차된 차를 들이받는다.

그게 떠오르자 사고를 낸 운전자도 혹시 치매증이 있는 건 아닐까 생각했다. 그러나 치매 같은 건 조금도 없고 지극히 정상이다. 그러고 보니 나도 비슷한 실수를 한 적이 있긴 하다.

그러니까 10여 년 전, 내 나이 환갑이 막 지났을 때이다. 새 차를 뽑아 기분 좋게 끌어다 놓고, 이튿날 덜컥 사고부터 냈다. 이른 새벽, 차의 시동을 걸고 라이트를 켰으나 어둠과 자욱한 안개가 뒤범벅되어 앞이 보이지 않을 정도로 어두컴컴했다. 모니터를 보니 뒤차가 보이지 않았다. 후진 기어를 넣고 액셀을 살짝 밟는다고 밟았는데 차가 툭 튀어 나가 뒤차를 들이받았다. 다행히 큰 충격은 아니어서 범퍼에 흠집이 조금 나는 데 그쳤다. 그러나 상대 차주가 범퍼를 교체해야겠다고 하는데 어쩌겠나. 속이 쓰렸지만, 찍소리 못하고 물어줬다. 그나마 앞차까지 들이받은 게 아니어서 다행이다 싶었고, 액땜한 셈으로 치고 위안으로 삼았다. 그때 만약 큰 사고로 이어졌다면 나는 뭐라 변명했을까. 어쩌면 시청역 앞 역주행 사고를 낸 운전자처럼 차량 결함이라고 말했을지도 모르겠다.

그 일이 있고 나서 정신을 바짝 차리고 끌고 다녔다. 그러나 나만 정신 차린다고 사고가 나지 않는 건 아니었다. 삼 년 전 그날, 제1순환고속도로 시흥 IC에서 빠져나와 서해안로에 들어섰다. 20여 미터쯤 주행했을까, 난데없이 옆 차선에서 승용차가 튀어나와 내 차 옆 문짝을 들이받았다. 정말 눈 깜짝할 사이였고 속수무책으로 당할 수밖에 없었다.

사고를 낸 상대 운전자는 차에서 내리지도 않고 그대로 앉아 있었다. 이 사람 뭐야, 이거 술 마신 거 아냐, 약이라도 했나, 은근히 화가 났다. 그런데 왠지 걱정되기도 했다. 요즘에는 세태가 하도 각박하여 가벼운 접촉 사고에도 손으로 허리나 목을 감싸고 아픈 척하는 사람들이 적잖기에, 그런 족속이 아닌가 생각했다. 그런데 교통경찰이 도착하고, 신분 확인을 하니 러시아 사람이었다. 이런 제기랄, 소통이 전혀 되지 않았다. 답답해 죽는 줄 알았다.

좌측 좌회전 차선에 신호 대기 중인 차가 내가 주행하던 직진 차선으로 갑자기 튀어나오면서 들이받았기에, 100퍼센트 상대차의 과실인 줄 알았다. 그런데 그게 아니었다. 2.5:7.5 비율로 처리되었다. 억울한 마음에 소송까지 생각했으나 외국인이어서 생각을 접었다. 어찌 됐든 운전자의 순간적인 판단 착오로 일어

맹물에 조약돌을 삶아 먹어도

난 사고이다. 모든 사고는 '아차' 하는 순간 일어난다는 것을 다시 한번 깨달았다.

어느새 내 나이 일흔이 넘었다. 나이가 들면서 변한 게 한둘이 아니다. 시력과 청력이 떨어지고, 운전 실력 또한 스스로 느낄 정도로 줄어들었다. 위험 상황에서 순발력과 대처력이 현저히 떨어졌다. 깜깜한 밤에 비라도 내리거나 안개라도 자욱하게 끼면 더럭 겁부터 난다. 주행 중 옆 차선에 차가 지나는 줄 모르고 차선 변경을 하다 깜짝 놀라기도 한다. 내비게이션을 보고도 갈림길을 지나쳐 유턴하여 되돌아오기도 한다. 주차할 때도 단번에 되지 않는다. 나만 그런 게 아니라 내 나이 또래들도 그렇다고 한다. 운전면허증을 반납하면 10만 원이 충전된 교통카드를 준다는데 그거라도 챙겨야 하는 건 아닌지 모르겠다.

65세 이상의 고령자들이 운전 중 일으키는 사고가 잊을 만하면 일어나 세상이 떠들썩하다. 신호를 못 보고 달리다 사고를 내기도 하고, 전봇대나 가드레일을 들이받거나 상가로 돌진하기도 한다.

차를 끌고 나갈 일이 있으면 이래저래 걱정이 앞서고 핸들을 잡으면 긴장이 된다. 나이가 나이인 만큼 나라고 별수 있을까, 라는 생각이 머릿속에 맴돈다.

내 인생의 황금기는

맹물에 조약돌을 삶아 먹어도

"살아 보니 인생의 황금기는 예순 살에서 일흔다섯 살까지이
다."

백 세를 넘긴 연세에도 강연하시고 칼럼을 쓰시는 원로 철학
자 김형석 교수님의 말씀이다. 그렇다면 칠십 줄에 들어선 지금
의 내 나이가 내 인생의 황금기일까?

내가 김형석 교수님을 뵌 건 2019년 가을, 조선일보 '아무튼
주말 토크콘서트'에서이다. 그때 교수님의 연세가 만 99세, 백
수(白壽)이시다. 그런데 연단에 나오시는 모습이 약간 구부정했
으나 지팡이조차 짚지 않고 반듯하게 걸어 나오셨다. 장시간 서
있는 게 힘 드신다며 의자에 앉아 말씀하셨는데, 조리가 있고
발음도 명확하셨다. 보청기도 끼지 않았으며 치아도 좋다고 하
신다. 가까이서 뵈니, 얼굴에 옅은 주름과 검버섯이 조금 피었
을 뿐 온화하고 따스한 성품이 서려 있었다. 누가 교수님의 연
세를 백수로 볼까? 그날 교수님은 이런 말씀을 하셨다.

"혈압, 당뇨, 치매 등 관리만 잘하면 구십까지는 괜찮다. 구십

이 넘으면 몸이 말을 듣지 않는다. 그러나 정신은 그대로다."

그저 얼쩡댔을 뿐인데, 또 한 해가 꿈같이 흘러가고 나이만 한 살 더 먹었다. 젊었을 때는 정점을 향해 한 계단씩 오르는 것처럼, 한 살이라도 빨리 더 먹었으면 했다. 지금은 한 해의 끝자락에 오면 아쉬움만 밀려온다. 예전에는 잘생겼다는 말이 듣기에 좋았는데, 이제는 젊어 보인다는 말이 듣기에 더 좋다.

나는 나이를 숫자로만 알았다. 그런데 그게 아니었다. 육십 대에 접어들면서부터 좀처럼 거울 앞에 서지 않는다. 머리카락은 빠질 대로 빠져 머리와 이마가 구분되지 않고, 몇 올 남지 않은 머리카락은 물론 수염까지 허옇게 세었다. 그나마 염색하지 않으면 상늙은이로 보였다. 눈가에 주름이 찌글찌글하고 입가에 팔자 주름이 선명하다. 그 모습이 분명 나인데, 웬 노인을 보는 것만 같다. 그렇다고 거울 탓으로 돌릴 수도 없고.

육십 대 후반에 이르자 어제와 오늘의 체력이 다르고, 자고 일어나면 멀쩡하던 몸 여기저기가 쑤시고 결린다. 키는 한창 때보다 3cm나 줄어들었고, 어깨와 허리는 예전과 달리 구부정하다. 보폭이 좁아지고 걸음걸이도 느려졌다. 찬바람이 불면 눈물 찍 콧물 찍, 시력은 물론 청력이 떨어지기 시작했다. 돋보기 없이는 글 한 줄 읽기도 쓰기도 힘들었다. 누군가 뭐라 한마디라도 하면 토끼처럼 귀를 쫑긋 세우고 고개를 앞으로 빼고 집중해서 들어야 한다. 그래도 알아듣지 못해 "뭐?" 하고 되묻기 일쑤이

맹물에 조약돌을 삶아 먹어도

고, 잘못 알아듣고 엉뚱한 말을 하여 웃음거리가 되기도 한다. 그게 거북해 알아들은 체를 하다 보면 말귀를 못 알아듣는 사람으로 보여 자존심이 상한다.

　그뿐이 아니다. 급박뇨 증세로 허둥대고, 밤에 잠을 자다 서너 차례씩 깨어 잠을 설치고는 한다. 거기에 당뇨 합병증이라도 생길까 봐 전전긍긍하고, 퇴행성관절염으로 무릎까지 망가져 어기적거리며 걸어야 한다. 이거 참, 나이 칠십에 몸이 한 군데도 성한 곳이 없다. 그런데도 인생의 황금기는 예순에서 일흔다섯까지일까?

　사실 요즘 노인들은 젊은이 못지않게 건강한 사람들이 적지 않다. 칠팔십 먹었다고 경로당에 가지도 않고 산, 들, 강을 찾아다니며 활기차게 살아간다. 몸만 건강한 게 아니라 컴퓨터를 능숙하게 다루고, 키오스크를 통해 척척 주문하고 결제를 한다. 그런 노인들을 보면 부럽기도 하고, 노인이라는 생각보다는 청춘이라는 말이 떠오른다.

　내가 아는 분 중에 노년이란 말이 무색할 정도로 에너지를 갖고 살아가는 분이 계신다. 시니어 패션모델을 해서인지 칠십 대 후반임에도 옷차림은 젊은 사람 이상으로 세련되었다. 랩을 취미로 하고 찢어진 청바지를 입고 인라인스케이트를 타며 스키를 즐긴다. 가장 좋아하는 시는 사무엘 울만의 '청춘'이라 하며, 그 긴 시를 하나도 틀리지 않고 암송해 주신 적이 있다. 나는 이

시의 아름다운 시구(詩句)에 반하고, 시를 암송해 주신 어르신께 반하지 않을 수 없었다. 그 시에는 이런 구절이 있다.

때로는 20세 청년보다 80세 인간에게 청춘이 있다.
나이를 더해 가는 것만으로 사람은 늙지 않는다.
이상을 잃어버릴 때 비로소 늙는다.

예순 이전에 나는 내가 어떻게 살아가고 있는지 뒤돌아볼 겨를조차 없었다. 세월이 가는지 오는지도 모른 채 부지깽이가 뛰는 것처럼 그저 바쁘게만 살아왔다. 이러다 어느 날 갑자기 폭삭 늙어 뒷방 늙은이가 되는 건 아닌지, 두려운 마음을 숨겨둔 채 살아왔다.

예순이 지나 생업에서 은퇴하고 나서야 비로소 부귀도 영화도 부질없다는 것을 알아차렸다. 세속에 찌든 마음을 비울 수 있었고, 당치도 않은 허욕을 내려놓을 수 있었다. 내 몸에 병이 없기를 바라지도 않고, 오랜 세월을 썼으니 고장 나는 게 당연하다고 생각한다.

모든 걸 내려놓으니, 무엇보다 마음이 편안하다. 복잡하고 불안한 일상이 단순하고 평온하게 바뀌었다. 조금 더 멀리 볼 수 있고 조금 더 깊게 느낄 수 있다. 젊은 시절에 겪었던 시행착오를 거듭하지도 않는다. 먼지를 뒤집어쓴 채 숨어있던 지나온 삶의 흔적들이 문득문득 떠올라 미소 짓기도 한다.

그러고 보니 인생의 황금기는 예순 살에서 일흔다섯 살까지라는, 교수님의 말씀이 딱 맞는다.

지금의 내 나이가 딱 내 인생의 황금기!

이별이 슬플 뿐

맹물에 조약돌을 삶아 먹어도

"너, 죽어봤냐?"

"그래. 나, 죽어봤다."

　세월이 흐르면 모든 기억은 흐려지는데, 그때 그 기억은 지금도 또렷하기만 하다.

　군 일병 시절 어느 날, 식사 당번이 되어 배식 준비를 하고 있었다. 당직 하사가 나타나 식당을 쓱 훑어보더니, 청소 상태가 불량하다며 사정없이 주먹을 날리는 게 아닌가. 명치에 주먹이 정통으로 날아들었는데, 그 뒤로는 기억이 툭 끊겨버렸다.

　그런데 어찌 된 일인지, 나는 두둥실 허공에 뜬 채 아래를 내려다보고 있었다. 병사들이 바닥에 쓰러져있는 누군가를 빙에워싸고 흔들어 대며 웅성거리고 있다. 그 순간 저절로 알게되었다. 쓰러진 병사가 바로 나 자신이라는 것을. 그렇다면 조각구름처럼 공중에 떠 있는 존재는 나의 영혼인 걸까? 그럼에도 마음은 이상하리만큼 편안하다. 이게 죽음이라면 거부하고 싶지 않을 정도로, 오히려 갈망하고 싶을 정도로 한없이 편안하다.

그도 잠시, 비통한 울음소리가 들려온다. 네가 먼저 가면 나는 어찌하느냐며, 어머니가 울고 계신다. 저승사자로 보이는 누군가는 어서 가자고 손짓하며 재촉한다. 그를 따라가면 이대로 끝이라는 안타까움에 어머니를 소리쳐 불러보지만, 어머니는 내 목소리조차 듣지 못하시는지 울고만 계신다. 손을 뻗어 어머니를 잡으려 하나, 저승사자에 이끌려 점점 멀어져간다. 아, 이대로 이별이란 말인가?

그 순간 붙들려가던 내 영혼은, 무슨 까닭인지 쓰러진 몸속으로 스르르 스며들었다. 왁자한 소리가 다시 귓가에 들리고, 나는 묵직한 통증과 함께 눈을 떴다. 그러나 어머니는 보이지 않는다. 아! 어머니….

죽어봤다는 사람이 의외로 적지 않다. 누군가는 사후에 염라대왕을 만나고, 천국이나 지옥을 봤다고 말하기도 한다. 그러나 나는 저승사자를 잠시 만났을 뿐, 사후 세계까지는 가보지 못했다. 죽음의 문턱을 잠시 넘었다 돌아왔음에도, 사후 세계가 있는지 없는지는 자신 있게 말할 수가 없다. 만일 진실을 확인하고 돌아왔다면 내 인생은 좀 달라졌을까?

간혹 전철역 등에서 '믿음 천국, 불신 지옥'이라 외치는 사람들을 본다. 그때마다 나는 속으로 묻곤 한다. '너, 죽어 봤냐?'라고. 누구도 피할 수 없고, 누구나 가야만 하는 길. 사후 세계가 있으

맹물에 조약돌을 삶아 먹어도

면 어떻고 없으면 또 어떠랴. 몸에 깃든 영혼이 몸을 떠나면 한없이 편안한 것을.

단, 사랑하는 사람과의 이별이 슬플 뿐!

축복인가 재앙인가

맹물에 조약돌을 삶아 먹어도

인간의 수명은 점점 늘어 백세시대가 되었다. 불의의 사고에 의하거나 불치병에 걸리지 않는 한 누구나 장수할 수 있는 시대가 온 것이다. 장수한다는 것은 분명 축복이다. 하지만 현실은 축복만은 아닌 모양이다. 축복이 아닌 재앙으로 다가온다는데….

평온한 어느 가정집 거실. 피아노 소리가 잔잔하게 흐르는 가운데 느닷없이 울려 퍼지는 총성. '탕~' 사냥용 엽총을 든 청년의 팔에는 피가 묻어있고, 청년은 쓰러진 휠체어를 바라본다. 이어지는 청년의 내레이션.

"넘쳐나는 노인이 일본 경제를 말아먹고 그 피해는 전부 청년이 받는다. 노인들도 더는 사회에 폐를 끼치고 싶지 않을 것이다. 예로부터 우리 일본인은 국가를 위해 죽는 걸 긍지로 여겨왔다. 나의 이 용기 있는 행동을 계기로 진솔하게 논의하고 이 나라의 장래가 밝아지길 진심으로 바란다."

청년은 스스로 자신의 머리에 총구를 겨눠 방아쇠를 당긴다.

'탕~' 이어지는 라디오 뉴스.

"노인 혐오 범죄가 전국에서 이어지고 있는 가운데, 통칭 '플랜 75'가 오늘 국회를 통과했습니다. 전례 없는 이 시도는 세계적으로 이목을 끌며 일본의 고령화 문제를 해결할 수 있는 묘수가 될 것입니다."

얼마 전 영화 한 편을 봤다. 초고령 사회에 진입한 일본 정부는 특별 대책으로 75세 이상 노인에게 죽음을 권하고 적극 지원하는 제도를 시행한다. 가상현실을 다룬 영화 '플랜 75'는 이렇게 시작된다.

이게 어디 일본만의 얘기인가. 코앞에 펼쳐진 우리의 현실이기도 하다. 우리나라도 노인들이 정말 많긴 많다. 국민 5명 중 1명은 65세 이상의 노인이니, 어딜 가나 노인들로 넘쳐난다. 거리를 오가는 사람들도, 시장에도, 식당에도, 공원에서 삼삼오오 모여 담소를 나누거나 산책을 하는 사람들도 대부분 노인이다. 여기도 노인 저기도 노인, 노인들이 득실대니 우리 사회도 노인들의 주름살만큼이나 쭈그렁거리는 것만 같다.

그럴 수밖에 없는 것이 수명은 점점 늘어나고, 740만 명에 이르는 베이비붐 세대가 속속 노인이 되어가고 있다. 거기에 요즘 젊은이들은 결혼을 포기하고 아이를 낳지 않는다. 그렇다고 젊은이들을 나무랄 수는 없다. 오죽하면 '삼포세대'니 '이생망'이니 자조 섞인 말을 하며 살아갈까. 젊은이는 희망에 살고 노

맹물에 조약돌을 삶아 먹어도

인은 추억에 산다는데, 요즘 젊은이들에게는 희망조차 없기 때문이다.

내가 아는 어느 서른 살 청년은 대학을 졸업한 지 3년째 집돌이로 살아가고 있다. 직장을 구하려고 학점, 토익, 자격증 등 스펙을 쌓고 이력서만 수십 곳에 제출했으나 허탕이라는, 그 청년의 속마음을 우연한 기회에 들을 수 있었다.

"점심을 먹으러 식당에 가면 손님 절반 이상이 노인들에요. 그분들이 여유롭고 즐겁게 식사하는 모습을 보면 화가 나요. 젊은이들이 내는 연금 덕분에 편안하게 노년을 즐기고 있지 않은가요."

아! 뭐라 대답해야 할까? 잠시 머뭇대고 있는데, 청년이 내뱉은 말 한마디에 나는 숨이 콱 막히는 것만 같았다.

"영화처럼 '플랜 75' 법을 만들어 시행했으면 좋겠어요."

다시 영화로 들어가 본다. 일본 정부는 태어날 땐 맘대로 못하지만 죽을 땐 계획해서 할 수 있으니 참으로 좋은 정책이 아니냐고 홍보한다. '플랜 75'를 신청한 사람에게 10만 엔을 현금으로 지급하고, 안락사를 시켜주며, 죽은 후 화장은 물론 유품정리까지 무료로 제공한다.

건강이 좋지 않고 보살펴 줄 가족이 없는 독거노인인 75세 남성은 '플랜 75'를 신청하고, 마지막 날 시설에 들어가 편안하게 죽음을 맞이한다. 호텔에서 객실 일을 하며 홀로 살아가는 78세

여성은 해고를 당하고, 생계를 위해 일자리를 구하려 하나 어느 곳에서도 받아주지 않자 '플랜 75'를 신청한다. 죽음을 맞이하기 위해 시설에 들어간 여성은, 마지막 순간 마음을 바꿔 안락사를 거부하고 시설에서 나온다. 붉게 물들어 뉘엿뉘엿 넘어가는 석양을 하염없이 바라보며 나지막이 노래를 부르는 가운데, 영화는 엔딩 크레디트가 올라간다.

"늙은 사과나무 그늘에서, 내일 우리 다시 만나요. 황혼이 깃들고 석양이 서쪽으로 기울면…."

우리나라 국민 평균 수명은 83년에 달한다. 그런데 건강 수명은 73년밖에 되지 않는다. 무려 10년은 병으로 고생한다는 말이다. 병원 입원실은 노인 환자의 증가로 자리가 없고 요양병원이나 요양원에 가려면 대기 번호를 받고 기다려야 한다. 이승을 떠나 저승으로 가는 것도 쉽지 않다. 화장하려면 순서에 밀려 4일장 또는 5일장을 하는 경우가 허다하다.

치매 노인을 찾는다는 안내 문자가 수시로 들어온다. 홀로 사는 노인들이 주검이 되어 며칠 뒤에 발견되는 고독사가 잊을 만하면 일어난다. 의식 없이 중환자실에 누워 숨만 쉬거나, 외딴 섬 같은 요양기관에서 식물처럼 지내는 사람도 수두룩하다.

그래서 그럴까? '사전연명의료의향서'에 서명한 사람이 220만 명이 넘었다고 한다. 아무 의미도 없는 연명 치료는 하지 않겠다는 것이다. 사회와 가족에 짐이 되지 않고 스스로 죽음을 선

맹물에 조약돌을 삶아 먹어도

택하는 게 존엄을 지키는 방법이라고 생각하는 사람들이 점점 늘어나고 있다. 어떻게 죽는 것이 사람답게 죽는 걸까? 영화는 그걸 묻고 있었다.

"夕陽無限好 只是近黃昏(석양무한호 지시근황혼)"

석양은 한없이 아름다우나 단지 황혼에 가까울 뿐이네.

어느 시인은 인생의 황혼을 석양에 비유해 말했다. 시인의 말 대로, 인생의 황혼이 석양처럼 아름답다고 한들 무슨 의미가 있을까. 황혼은 황혼일 뿐인데.

오래 사는 게 복이라는 말은 이제 옛말이 되었다. 영화처럼 '플랜 75' 법이라도 만들어 시행해야 하는 건 아닌지 모르겠다.

백세시대가 축복이 아닌 재앙으로 다가오다니, 이것 참!

당신은 어떻게 죽고 싶은가

맹물에 조약돌을 삶아 먹어도

(질문) "당신이 좋아하는 냄새는?"

(답변) "좋아하는 사람의 뺨 냄새." ― 프루스트

책 제목이 '프루스트의 질문(Question de proust)'이다. 마르셀 프루스트(Marcel Proust)가 누구인가. '잃어버린 시간을 찾아서'를 쓴 20세기 최고의 작가가 아닌가. 그래서 나는 프루스트가 어떤 질문을 했기에 책으로 나왔을까, 궁금증을 안고 책을 펼쳐 들었다.

그런데 그게 아니다. 프루스트가 질문을 한 게 아니라 질문에 답변한 것이다. 내용으로 보면 '프루스트의 답변'이라고 하는 게 더 적절하다고 할 수 있겠다. 형식도 책이라기보다는 포켓용 노트에 가까웠다.

프루스트가 답변을 적은 노트는 그가 죽은 2년 뒤인 1924년에 발견되었고, 2003년에 경매에 나와 12만 유로, 한화 약 1억 7천만 원에 낙찰되었다. 그 후 프루스트 100주기를 맞아 책으로 출간된 것이다.

질문 내용은 "당신이 생각하는 최고의 덕목은?"으로 시작하여 "당신은 어떻게 죽고 싶은가?"로 끝나는 100개의 질문이다. 이 질문은 빅토리아 시대부터 유럽 전역에 유행했다고 한다.

질문 아래쪽에 프루스트의 답변이 적혀있고, 옆면에는 독자가 자신의 답변을 적어놓을 수 있는 공란과 당시 예술가, 작가 등 유명인들의 답변이 적혀있다. 그 시대 프루스트와 유명인들의 진솔한 생각을 읽을 수 있었고 반짝이는 위트를 엿볼 수 있었다. 또한 현시대를 살아가는 나 자신의 삶에 대하여 한 번쯤 던져보면 좋을 질문들이다.

어느 것 하나 감흥을 불러일으키지 않는 것이 없지만, 그중 마지막 100번째 질문에 대하여 프루스트와 유명인들은 이렇게 답변을 했다.

(질문) "당신은 어떻게 죽고 싶은가?"

(답변) "더 나은 사람으로, 사랑받으며." ─ 프루스트

"99살에 낙하산을 타고." ─ 다디에 반 코빌라르트

"주피터의 단검에 찔려 죽듯이 벼락을 맞아 죽고 싶다." ─ 미셸 투르니에

"스코틀랜드의 강가에서 좋은 와인 한 병을 움켜쥐고." ─ 엠마 톰슨

맹물에 조약돌을 삶아 먹어도

그렇다면, 나의 답변은?

"고요한 밤에, 어느 날 갑자기."

마지막 부탁

맹물에 조약돌을 삶아 먹어도

어느 날 갑자기 숨쉬기가 힘들었다. 살아있다는 건 숨 한번 들이마시고 들이마신 숨 뱉어내는 건데, 그게 쉽지 않았다. 죽는다는 게 별거인가. 어느 순간 들이마신 숨 뱉어내지 못하면 죽는 거지. 그런 상황이 언제 닥칠지 알 수가 없다. 그러니 죽는다는 걸 염두에 두지 않을 수가 없고, 부탁하지 않을 수가 없다.

사랑하는 아들아, 며늘아기야!

어느새 봄, 여름, 가을이 다 지나가고 겨울이 되었구나. 겨울이 지나가면 파릇파릇 새싹 움트는 봄이 다시 찾아올 것이다. 그게 자연의 섭리가 아니더냐. 그러나 인생의 겨울에 접어든 나에게는 봄이 다시 오지 않을 것이다. 나에게도 한때 생동감 넘치는 봄이 있었고, 혈기 왕성한 여름, 그리고 곱게 물든 가을이 있었단다. 계절이 바뀌는 줄도 모른 채 세월에 떠밀려 살다 보니 여기까지 왔구나. 앙상한 가지 끝에 대롱대롱 매달린 잘 익은 홍시가 어느 날 세찬 찬바람에 툭 떨어지는 것처럼, 내 삶에 그런 날이 머지않았다는 생각이 드는구나.

사랑하는 아들아, 며늘아기야!

너희 두 사람 모두 반듯하게 자라 어엿한 가정을 이루고 두 아이의 아빠 엄마가 되어 단란하게 살아가고 있으니, 이보다 더 복된 일이 어디 있겠느냐. 너희들 덕분에 나도 아버지가 되고 시아버지가 되고 할아버지도 되었구나. 그동안 너희들에게 해준 거라고는 아무것도 없으면서 받기만 하고 살았구나. 때마다 용돈도 받았지만, 손주들을 안겨준 거야말로 최고의 선물이자 효도였단다. 손주들의 재롱과 하루가 다르게 커가는 모습을 지켜볼 수 있어서 얼마나 기쁘고 행복했는지 모른단다.

사랑하는 아들아, 며늘아기야!

죽음은 누구도 피해서 갈 수 없는 법, 조금 일찍 죽느냐 늦게 죽느냐의 차이일 뿐이란다. 또한 죽음이란 현재의 유(有)에서 본래의 무(無)로 돌아가는 것이 아니더냐. 스며드는 바람에 가물가물하던 촛불이 순식간에 툭 꺼지는 것처럼, 그렇게 삶을 다하면 온 천지가 암흑 속에 잠길 테지. 더 이상 아무 느낌도 없을 테고. 그러니 두려움 같은 건 없단다. 돈도 권력도 명예도 없이 평생을 살았으니 집착할 것도 없단다.

사람은 누구나 제 명대로 살다가 존엄을 유지하며 편안하게 죽기를 바란다. 그걸 바라기는 나도 마찬가지이다. 그날까지 너희들에게 짐이 되지 않아야 할 텐데, 무엇보다 그게 걱정이 되는구나. 그래서 너희들에게 부탁하는 것이다.

맹물에 조약돌을 삶아 먹어도

사랑하는 아들아, 며늘아기야!

사람이 살면서 그 마지막 과정을 스스로 할 수 없다는 게 참으로 안타깝구나. 할 수만 있다면 '의사조력사'로 고통 없이 마무리하고 싶은데, 그게 안 된다는구나. '안락사'를 허용하는 스위스에 가면 모를까, 할 수 있는 방법이 없구나.

그러니 내가 죽음의 길에 들어선 것이 확실하다고 판단되면 편안하게 갈 수 있도록 도와주기를 바란다. 회생 가능성이 전혀 없는데도 중환자실에 누워 코, 입, 목, 팔에 줄이나 주삿바늘을 꽂아 넣고, 심폐소생술을 하고, 혈액투석을 하고, 인공호흡기로 겨우 숨만 쉬다 가는, 그런 죽음은 생각조차 하기 싫구나. 무의미한 연명치료는 하고 싶지 않다는 말이다. 그게 바로 고종명(考終命)이고 존엄사(尊嚴死)가 아니겠느냐.

그래서 얼마 전에 노인종합복지관에 다녀왔단다. 임종 과정에 있다는 의학적 판단을 받은 경우 호스피스 이용 의향이 있으며, 연명의료를 시행하지 않거나 중단하는 것에 동의한다는 '사전연명의료의향서'를 작성하고 서명했다. 내가 할 수 있는 게 그것뿐이니, 판단력이 있을 때 내 의사를 분명하게 하고 싶어서였다.

사랑하는 아들아, 며늘아기야!

장례는 평범하고 소박하게 치르기를 바란다. 나는 평생 종교가 없이 살아왔으니 종교 식 절차는 물론 비싼 관도, 고급 수의도 필요 없다. 종이로 만든 관과 수의가 있다는데, 그거로 충분하단다.

시대가 빠르게 변하여 언제부터인가 화장이 매장을 추월하더니, 요즘엔 골분을 항아리에 담아 봉안시설에 안치하는 경우가 많더구나. 그러나 아무리 생각해도 그것만큼은 피하고 싶구나. 생각해 봐라. 생전에 자유롭게 날아다니던 내가 항아리 속에 갇혀 옴짝달싹 못 할 텐데 얼마나 답답하겠느냐.

그렇다면 너희 할아버지가 계신 바다로 갈까, 아니면 할머니가 계신 산으로 갈까. 어차피 육신은 흔적도 없이 사라질 텐데 어딘들 가지 못하겠느냐. 그러나 이왕이면 산으로 보내주면 좋겠구나. 묘를 쓰라는 것이 아니라, 화장을 해서 골분을 선산 할머니 산소 옆 숲에 뿌려주면 좋겠다는 말이다. 영혼이 있다면 너희 할머니를 만나 못다 한 얘기를 나누고 싶구나.

이것이 나의 마지막 부탁이란다. 생각에 생각을 거듭했으니 부디 흘려듣지 말기 바란다. 꼭 그렇게 해주리라 믿는다.

살아오면서 꼭 하고 싶었던 말, 아직도 그 말을 하지 못했구나.

"사랑한다."

맹물에 조약돌을 삶아 먹어도